U0143521

# 昭明文選

梁·蕭統 編

圖書在版編目（CIP）數據

昭明文選：影印本 /（梁）蕭統著．—合肥：黃山書社，2010.8
ISBN 978-7-5461-1490-3

Ⅰ．①昭… Ⅱ．①蕭… Ⅲ．①古典詩歌－作品集－中國②古典散文－作品集－中國 Ⅳ．①I212

中國版本圖書館 CIP 數據核字 (2010) 第 160151 號

ISBN 978-7-5461-1490-3

昭明文選

責任編輯 趙國華 湯吟菲
出版發行 黃山書社
社址 合肥市政務文化新區翡翠路一一一八號出版傳媒廣場
印刷 揚州文津閣古籍印務有限公司
經銷 新華書店
開本 七〇〇×一六〇〇毫米 八開
版次 二〇一〇年八月第一版 二〇一二年五月第二次印刷
標準書號 ISBN 978-7-5461-1490-3
定價 壹仟貳佰捌拾圓

# 出版説明

《昭明文選》，又稱《文選》，南朝梁昭明太子蕭統編集，故稱。蕭統，字德施，小字維摩。南陵（今江蘇常州、鎮江交界處）人。梁武帝長子，天監元年（五〇二）立爲太子，未及即位而卒。卒謚昭明太子。

《昭明文選》是我國現存最早的文學總集，三十卷。輯先秦至梁初一百三十餘位知名作家及少數佚名作者詩文辭賦七百五十二篇。不選經子，史書中也衹略選『綜輯辭采』、『錯比文華』的論贊，已初步注意到文學與其他類型著作的區分。全書按文體分爲賦、詩、雜文三大類，下再列賦、詩、騷、七、詔、册、令、教等三十八小類。其選文按照『事出於沉思，義歸乎翰藻』的標準，精選了許多極具代表性的文學作品，不少古代作品賴此得以保存，是後人研究梁以前文學的重要資料，被列爲『總集』之祖。




歷代對《昭明文選》極爲推崇。從隋代起，逐漸形成了一門專門的學問『文選學』。『選學』在唐朝與《五經》并駕齊驅，盛極一時，士子必須精通《文選》。在《文選》衆多的注本中，隋蕭該首先作《文選音義》，已佚。唐顯慶間，李善作注，將原書分爲六十卷，注文含本事、典故、訓詁等，資料豐富，頗爲精審，歷來爲人稱道。及至唐開元年間，吕延濟、劉良、張銑、吕向、李周翰五人作注，世稱『五臣注』。宋人又將李注、五臣注合二爲一，稱『六臣注』。在衆多的版本中，清人胡克家重刻宋淳熙本李善注和《四部叢刊》影宋本『六臣注』爲最善。

《昭明文選》自問世以來，對後世的文學創作影響深遠。其所確立的文學觀念以及分門別類選録文章的標準，一直爲後人推崇并沿用。『選學』至今不衰，且有繁榮昌盛之勢，足見《文選》在中國文學史上的地位。

# 昭明文選目録

# 昭明文選目録

第一冊

詩甲





卷二十

第三册

# 卷二十一　詩乙

## 卷二十四

【贈荅二】

## 卷二十五　詩丁

【贈荅三】







## 卷二十六

【贈荅四】

## 卷二十七 詩戊

## 卷三十

### 【雜詩下】

卷三十

【雜詩下】

詩庚

【雜擬上】

第四册

卷三十一

【雜擬下】



卷三十二

【騷上】



卷三十三

【騷下】



卷三十四

卷三十八

【表下】







卷三十九

【上書】

卷四十七

【頌】



【贊】









卷四十八

【符命】



卷四十九

【史論上】



卷五十

# 昭明文選序

〔梁〕昭明太子撰

式觀元始，眇覿玄風，冬穴夏巢之時，茹毛飲血之世，世質民淳，斯文未作。逮乎伏羲氏之王天下也，始畫八卦，造書契，以代結繩之政，由是文籍生焉。《易》曰：『觀乎天文，以察時變。觀乎人文，以化成天下。』文之時義遠矣哉！若夫椎輪爲大輅之始，大輅寧有椎輪之質？增冰爲積水所成，積水曾微增冰之凜，何哉？蓋踵其事而增華，變其本而加厲。物既有之，文亦宜然。隨時變改，難可詳悉。

嘗試論之曰：《詩序》云：『詩有六義焉，一曰風，二曰賦，三曰比，四曰興，五曰雅，六曰頌。』至於今之作者，異乎古昔。古詩之體，今則全取賦名。荀、宋表之於前，賈、馬繼之於末。自茲以降，源流寔繁。述邑居，則有『憑虛』、『亡是』之作。戒畋遊，則有『長楊』、『羽獵』之制。若其紀一事，詠一物，風雲草木之興，魚蟲禽獸之流，推而廣之，不可勝載矣。又楚人屈原，含忠履潔，君匪從流，臣進逆耳，深思遠慮，遂放湘南。耿介之意既傷，壹鬱之懷靡愬。臨淵有『懷沙』之志，吟澤有『憔悴』之容。騷人之文，自茲而作。



詩者，蓋志之所之也。情動於中，而形於言。《關雎》《麟趾》，正始之道著；桑間濮上，亡國之音表。故風雅之道，粲然可觀。自炎漢中葉，厥塗漸異：退傅有『在鄒』之作，降將著『河梁』之篇。四言五言，區以別矣。又少則三字，多則九言，各體互興，分鑣並驅。頌者，所以游揚德業，褒贊成功。吉甫有『穆若』之談，季子有『至矣』之歎，舒布爲詩，既言如彼。總成爲頌，又亦若此。次則箴興於補闕，戒出於弼匡，論則析理精微，銘則序事清潤，美終則誄發，圖像則贊興。又詔誥教令之流，表奏牋記之列，書誓符檄之品，弔祭悲哀之作，荅客指事之制，三言八字之文，篇辭引序，碑碣誌狀，衆制鋒起，源流間出。譬陶匏異器，並爲入耳之娛。黼黻不同，俱爲悅目之玩。作者之致，蓋云備矣！

余監撫餘閑，居多暇日。歷觀文囿，泛覽辭林，未嘗不心遊目想，移晷忘倦。自

姬、漢以來，眇焉悠邈，時更七代，數逾千祀。詞人才子，則名溢於縹囊。飛文染翰，則卷盈乎緗帙。自非略其蕪穢，集其清英，蓋欲兼功太半，難矣！若夫姬公之籍，孔父之書，與日月俱懸，鬼神爭奧，孝敬之准式，人倫之師友，豈可重以芟夷，加之剪截？老、莊之作，管、孟之流，蓋以立意爲宗，不以能文爲本，今之所撰，又以略諸。若賢人之美辭，忠臣之抗直，謀夫之話，辨士之端，冰釋泉涌，金相玉振，所謂坐狙丘，議稷下，仲連之却秦軍，食其之下齊國，留侯之發八難，曲逆之吐六奇，蓋乃事美一時，語流千載，概見墳籍，旁出子史，若斯之流，又亦繁博。雖傳之簡牘，而事異篇章，今之所集，亦所不取。至於記事之史，繫年之書，所以褒貶是非，紀別異同，方之篇翰，亦已不同。若其贊論之綜緝辭采，序述之錯比文華，事出於沈思，義歸乎翰藻，故與夫篇什，雜而集之。遠自周室，迄于聖代，都爲三十卷，名曰《文選》云耳。

凡次文之體，各以彙聚。詩賦體既不一，又以類分。類分之中，各以時代相次。

# 昭明文選卷一

## 賦甲

【京都上】

### 兩都賦二首

班孟堅

### 兩都賦序

或曰：賦者，古詩之流也。昔成康沒而頌聲寢，王澤竭而詩不作。大漢初定，日不暇給。至於武、宣之世，乃崇禮官，考文章，內設金馬石渠之署，外興樂府協律之事，以興廢繼絶，潤色鴻業。是以衆庶悅豫，福應尤盛，白麟、赤鴈、芝房、寶鼎之歌，薦於郊廟。神雀、五鳳、甘露、黃龍之瑞，以爲年紀。故言語侍從之臣，若司馬相如、虞丘壽王、東方朔、枚皋、王褒、劉向之屬，朝夕論思，日月獻納；而公卿大臣，御史大夫倪寬、太常孔臧、太中大夫董仲舒、宗正劉德、太子太傅蕭望之等，時時間作。或以抒下情而通諷諭，或以宣上德而盡忠孝，雍容揄揚，著於後嗣，抑亦雅



頌之亞也。故孝成之世，論而録之，蓋奏御者千有餘篇，而後大漢之文章，炳焉與三代同風。

且夫道有夷隆，學有粗密，因時而建德者，不以遠近易則。故皋陶歌虞，奚斯頌魯，同見采於孔氏，列於《詩》《書》，其義一也。稽之上古則如彼，考之漢室又如此。斯事雖細，然先臣之舊式，國家之遺美，不可闕也。臣竊見海內清平，朝廷無事，京師脩宮室，浚城隍，起苑囿，以備制度。西土耆老，咸懷怨思，冀上之眷顧，而盛稱長安舊制，有陋雒邑之議。故臣作《兩都賦》，以極衆人之所眩曜，折以今之法度。其詞曰：

### 西都賦一首

有西都賓問於東都主人曰：『蓋聞皇漢之初經營也，嘗有意乎都河洛矣。輟而弗康，寔用西遷，作我上都。主人聞其故而覩其制乎？』主人曰：『未也。願賓攄懷舊之蓄念，發思古之幽情。博我以皇道，弘我以漢京。』賓曰：『唯唯。漢之西都，在於雍州，寔曰長安。左據函谷、二崤之阻，表以太華、終南之山。右界褒斜隴首之

險，帶以洪河涇渭之川。衆流之隈，汧涌其西。華實之毛，則九州之上腴焉；防禦之阻，則天地之隩區焉。是故橫被六合，三成帝畿。周以龍興，秦以虎視。及至大漢受命而都之也，仰悟東井之精，俯協《河圖》之靈。奉春建策，留侯演成。天人合應，以發皇明。乃眷西顧，寔惟作京。於是睎秦嶺，睋北阜。挾灃灞，據龍首。圖皇基於億載，度宏規而大起。肇自高而終平，世增飾以崇麗。歷十二之延祚，故窮泰而極侈。建金城而萬雉，呀周池而成淵。披三條之廣路，立十二之通門。內則街衢洞達，閭閻且千。九市開場，貨別隧分。人不得顧，車不得旋。闐城溢郭，旁流百廛。紅塵四合，煙雲相連。於是既庶且富，娛樂無疆。都人士女，殊異乎五方。遊士擬於公侯，列肆侈於姬姜。鄉曲豪舉，遊俠之雄。節慕原、嘗，名亞春、陵。連交合衆，騁騖乎其中。若乃觀其四郊，浮遊近縣，則南望杜、霸，北眺五陵。名都對郭，邑居相承。英俊之域，紱冕所興。冠蓋如雲，七相五公。與乎州郡之豪傑，五都之貨殖。三選七遷，充奉陵邑。蓋以強幹弱枝，隆上都而觀萬國也。

『封畿之內，厥土千里。逴躒諸夏，兼其所有。其陽則崇山隱天，幽林穹谷。陸海珍藏，藍田美玉。商洛緣其隈，鄠杜濵其足。源泉灌注，陂池交屬。竹林果園，芳草甘木。郊野之富，號爲近蜀。其陰則冠以九嵕，陪以甘泉，乃有靈宮起乎其中。秦漢之所極觀，淵雲之所頌歎，於是乎存焉。下有鄭白之沃，衣食之源。提封五萬，疆埸綺分。溝塍刻鏤，原隰龍鱗。決渠降雨，荷插成雲。五穀垂穎，桑麻鋪棻。東郊則有通溝大漕，潰渭洞河。汎舟山東，控引淮湖，與海通波。西郊則有上囿禁苑，林麓藪澤，陂池連乎蜀漢。繚以周牆，四百餘里。離宮別館，三十六所。神池靈沼，往往而在。其中乃有九真之麟，大宛之馬，黃支之犀，條支之鳥。逾崑崙，越巨海。殊方異類，至于三萬里。

『其宮室也，體象乎天地，經緯乎陰陽。據坤靈之正位，仿太紫之圓方。樹中天之華闕，豐冠山之朱堂。因瓌材而究奇，抗應龍之虹梁。列棼橑以布翼，荷棟桴而高驤。雕玉瑱以居楹，裁金璧以飾璫。發五色之渥彩，光爓朗以景彰。於是左城右平，重軒三階。閨房周通，門闥洞開。列鍾虡於中庭，立金人於端闈。仍增崖而衡閾，臨峻路而啓扉。徇以離宮別寢，承以崇臺閒館。煥若列宿，紫宮是環。清涼、宣

溫，神仙、長年，金華、玉堂，白虎、麒麟，區宇若茲，不可殫論。增盤崔嵬，登降炤爛，殊形詭制，每各異觀。乘茵步輦，惟所息宴。後宮則有掖庭、椒房，后妃之室。合歡、增城，安處、常寧，茝若、椒風，披香、發越，蘭林、蕙草，鴛鸞、飛翔之列。昭陽特盛，隆乎孝成。屋不呈材，牆不露形。裛以藻繡，絡以綸連。隨侯明月，錯落其間。金釭銜璧，是爲列錢。翡翠火齊，流耀含英。懸黎垂棘，夜光在焉。於是玄墀釦砌，玉階彤庭，碝磩綵緻，琳瑉青熒，珊瑚碧樹，周阿而生。紅羅颯纚，綺組繽紛。精曜華燭，俯仰如神。後宮之號，十有四位。窈窕繁華，更盛迭貴。處乎斯列者，蓋以百數。左右庭中，朝堂百寮之位。蕭曹魏邴，謀謨乎其上。佐命則垂統，輔翼則成化。流大漢之愷悌，蕩亡秦之毒螫。故令斯人揚樂和之聲，作畫一之歌。功德著乎祖宗，膏澤洽乎黎庶。又有天祿、石渠，典籍之府。命夫惇誨故老，名儒師傅，講論乎六蓺，稽合乎同異。又有承明、金馬，著作之庭。大雅宏達，於茲爲群。元元本本，殫見洽聞。啓發篇章，校理秘文。周以鉤陳之位，衛以嚴更之署。總禮官之甲科，群百郡之廉孝。虎賁贅衣，閹尹閽寺。陛戟百重，各有典司。周廬千列，徼道綺錯。輦路經營，脩除飛閣。自未央而連桂宮，北彌明光而亘長樂。淩隥道而超西墉，掍建章而連外屬。設璧門之鳳闕，上觚稜而棲金爵。內則別風之嶕嶢，眇麗巧而聳擢，張千門而立萬户，順陰陽以開闔。爾乃正殿崔嵬，層構厥高，臨乎未央。經駘盪而出馺娑，洞枍詣以與天梁。上反宇以蓋戴，激日景而納光。神明鬱其特起，遂偃蹇而上躋。軼雲雨於太半，虹霓迴帶於棼楣。雖輕迅與僄狡，猶愕眙而不能階。攀井幹而未半，目眴轉而意迷。舍櫺檻而却倚，若顛墜而復稽。魂怳怳以失度，巡迴塗而下低。既懲懼於登望，降周流以徬徨。步甬道以縈紆，又杳窱而不見陽。排飛闥而上出，若遊目於天表，似無依而洋洋。前唐中而後太液，覽滄海之湯湯。揚波濤於碣石，激神岳之嶈嶈。濫瀛洲與方壺，蓬萊起乎中央。於是靈草冬榮，神木叢生。巖峻崷崒，金石崢嶸。抗仙掌以承露，擢雙立之金莖。軼埃堨之混濁，鮮顥氣之清英。騁文成之丕誕，馳五利之所刑。庶松喬之群類，時遊從乎斯庭。實列仙之攸館，非吾人之所寧。

『爾乃盛娛游之壯觀，奮泰武乎上囿。因茲以威戎夸狄，耀威靈而講武事。命

荆州使起鳥，詔梁野而驅獸。毛群内闐，飛羽上覆，接翼側足，集禁林而屯聚。水衡虞人，修其營表。種别群分，部曲有署。罘網連紘，籠山絡野。列卒周匝，星羅雲布。於是乘鑾輿，備法駕，帥群臣，披飛廉，入苑門。遂繞酆鄗，歷上蘭。六師發逐，百獸駭殫，震震爚爚，雷奔電激。草木塗地，山淵反覆。蹂躪其十二三，乃拗怒而少息。爾乃期門佽飛，列刃鑽鍭，要趹追蹤。鳥驚觸絲，獸駭值鋒。機不虚掎，弦不再控。矢不單殺，中必疊雙。颮颮紛紛，矰繳相纏。風毛雨血，灑野蔽天。平原赤，勇士厲。猨狖失木，豺狼懾竄。爾乃移師趨險，並蹈潛穢。窮虎奔突，狂兕觸蹶。許少施巧，秦成力折。掎僄狡，扼猛噬。脱角挫脰，徒搏獨殺。挾師豹，拖熊螭。曳犀犛，頓象羆。超洞壑，越峻崖。蹶嶄巖，鉅石隤。松柏仆，叢林摧。草木無餘，禽獸殄夷。於是天子乃登屬玉之館，歷長楊之榭。覽山川之體勢，觀三軍之殺獲。原野蕭條，目極四裔。禽相鎮壓，獸相枕藉。然後收禽會衆，論功賜胙。陳輕騎以行炰，騰酒車以斟酌。割鮮野食，舉烽命釂。饗賜畢，勞逸齊。大路鳴鑾，容與徘徊。集乎豫章之宇，臨乎昆明之池。左牽牛而右織女，似雲漢之無涯。茂樹蔭蔚，芳草被隄。蘭茝發色，曄曄猗猗。若摛錦布繡，爥燿乎其陂。鳥則玄鶴白鷺，黄鵠鵁鸛，鶬鴰鴇鶂，鳧鷖鴻鴈。朝發河海，夕宿江漢。沈浮往來，雲集霧散。於是後宫乘輚輅，登龍舟。張鳳蓋，建華旗。袪黼帷，鏡清流。靡微風，澹淡浮。櫂女謳，鼓吹震。聲激越，謍厲天。鳥群翔，魚窺淵。招白鷴，下雙鵠。揄文竿，出比目。撫鴻罿，御矰繳，方舟並騖，俯仰極樂。遂乃風舉雲摇，浮遊溥覽。前乘秦嶺，後越九嵕，東薄河華，西涉岐雍。宫館所歷，百有餘區。行所朝夕，儲不改供。禮上下而接山川，究休祐之所用。采遊童之讙謡，第從臣之嘉頌。于斯之時，都都相望，邑邑相屬。國藉十世之基，家承百年之業。士食舊德之名氏，農服先疇之畎畝。商循族世之所鬻，工用高曾之規矩。粲乎隱隱，各得其所。

『若臣者，徒觀跡於舊墟，聞之乎故老，十分而未得其一端，故不能遍舉也。』

## 東都賦一首

東都主人喟然而歎曰：『痛乎風俗之移人也！子實秦人，矜夸館室，保界河山，信識昭襄而知始皇矣。烏覩大漢之云爲乎？夫大漢之開元也，奮布衣以登皇

位，由數期而創萬代，蓋六籍所不能談，前聖靡得言焉。當此之時，功有橫而當天，討有逆而順民。故婁敬度勢而獻其說，蕭公權宜而拓其制。時豈泰而安之哉？計不得以已也。吾子曾不是覩，顧曜後嗣之末造，不亦暗乎？今將語子以建武之治，永平之事。監於太清，以變子之惑志。

『往者王莽作逆，漢祚中缺。天人致誅，六合相滅。于時之亂，生人幾亡，鬼神泯絕。壑無完柩，郛罔遺室。原野厭人之肉，川谷流人之血。秦項之災，猶不克半，書契以來，未之或紀。故下人號而上訴，上帝懷而降監，乃致命乎聖皇。於是聖皇乃握乾符，闡坤珍，披皇圖，稽帝文。赫然發憤，應若興雲。霆擊昆陽，憑怒雷震。遂超大河，跨北嶽。立號高邑，建都河洛。紹百王之荒屯，因造化之蕩滌。體元立制，繼天而作。系唐統，接漢緒。茂育群生，恢復疆宇。勳兼乎在昔，事勤乎三五。豈特方軌並跡，紛綸后辟，治近古之所務，蹈一聖之險易云爾哉？且夫建武之元，天地革命，四海之內，更造夫婦，肇有父子，君臣初建，人倫寔始，斯乃伏犧氏之所以基皇德也。分州土，立市朝，作舟輿，造器械，斯乃軒轅氏之所以開帝功也。龔行天罰，應天順人，斯乃湯武之所以昭王業也。遷都改邑，有殷宗中興之則焉。即土之中，有周成隆平之制焉。不階尺土一人之柄，同符乎高祖。克己復禮，以奉終始，允恭乎孝文。憲章稽古，封岱勒成，儀炳乎世宗。案六經而校德，眇古昔而論功。仁聖之事既該，而帝王之道備矣。

『至乎永平之際，重熙而累洽。盛三雍之上儀，脩袞龍之法服。鋪鴻藻，信景鑠，揚世廟，正雅樂。人神之和允洽，群臣之序既肅。乃動大輅，遵皇衢，省方巡狩，躬覽萬國之有無，考聲教之所被，散皇明以燭幽。然後增周舊，脩洛邑，扇巍巍，顯翼翼。光漢京于諸夏，總八方而爲之極。於是皇城之內，宮室光明，闕庭神麗，奢不可逾，儉不能侈。外則因原野以作苑，填流泉而爲沼。發蘋藻以潛魚，豐圃草以毓獸。制同乎梁鄒，誼合乎靈囿。若乃順時節而蒐狩，簡車徒以講武，則必臨之以《王制》，考之以《風》《雅》。歷《騶虞》，覽《駟鐵》，嘉《車攻》，采《吉日》。禮官整儀，乘輿乃出。於是發鯨魚，鏗華鐘。登玉輅，乘時龍。鳳蓋棽麗，龢鑾玲瓏。天官景從，寢威盛容。山靈護野，屬御方神，雨師汎灑，風伯清塵。千乘雷起，萬騎紛紜，元戎

竟野，戈鋋彗雲。羽旄掃霓，旌旗拂天。焱焱炎炎，揚光飛文，吐爓生風，欱野歕山，日月爲之奪明，丘陵爲之搖震。遂集乎中囿，陳師按屯。駢部曲，列校隊，勒三軍，誓將帥。然後舉烽伐鼓，申令三驅。輶車霆激，驍騎電鶩。由基發射，范氏施御，弦不睼禽，轡不詭遇。飛者未及翔，走者未及去。指顧倏忽，獲車已實。樂不極盤，殺不盡物。馬踠餘足，士怒未泄。先驅復路，屬車案節。於是薦三犧，效五牲，禮神祇，懷百靈。覲明堂，臨辟雍，揚緝熙，宣皇風，登靈臺，考休徵。俯仰乎乾坤，參象乎聖躬。目中夏而布德，瞰四裔而抗稜。西蕩河源，東澹海漘，北動幽崖，南燿朱垠。殊方別區，界絶而不鄰。自孝武之所不征，孝宣之所未臣，莫不陸讋水慄，奔走而來賓。遂綏哀牢，開永昌。春王三朝，會同漢京。是日也，天子受四海之圖籍，膺萬國之貢珍。内撫諸夏，外綏百蠻。爾乃盛禮興樂，供帳置乎雲龍之庭。陳百寮而贊群后，究皇儀而展帝容。於是庭實千品，旨酒萬鍾。列金罍，班玉觴，嘉珍御，太牢饗。爾乃食舉《雍》徹，太師奏樂。陳金石，布絲竹。鐘鼓鏗鎗，管弦燁煜。抗五聲，極六律，歌九功，舞八佾，《韶》《武》備，泰古畢。四夷間奏，德廣所及，僸佅兜離，罔不具集。萬樂備，百禮暨。皇歡浹，群臣醉。降煙熅，調元氣。然後撞鐘告罷，百寮遂退。

『於是聖上覩萬方之歡娛，又沐浴於膏澤，懼其侈心之將萌，而怠於東作也。乃申舊章，下明詔，命有司，班憲度，昭節儉，示太素。去後宮之麗飾，損乘輿之服御，抑工商之淫業，興農桑之盛務。遂令海内棄末而反本，背僞而歸真。女脩織紝，男務耕耘。器用陶匏，服尚素玄。恥纖靡而不服，賤奇麗而弗珍。捐金於山，沈珠於淵。於是百姓滌瑕蕩穢，而鏡至清。形神寂漠，耳目弗營。嗜欲之源滅，廉恥之心生。莫不優游而自得，玉潤而金聲。是以四海以内，學校如林，庠序盈門。獻酬交錯，俎豆莘莘。下舞上歌，蹈德詠仁。登降飫宴之禮既畢，因相與嗟歎玄德，讜言弘說。咸含和而吐氣，頌曰：盛哉乎斯世！

『今論者但知誦虞、夏之《書》，詠殷、周之《詩》，講羲、文之《易》，論孔氏之《春秋》。罕能精古今之清濁，究漢德之所由。唯子頗識舊典，又徒馳騁乎末流，温故知新已難，而知德者鮮矣！且夫僻界西戎，險阻四塞，脩其防禦。孰與處乎土中，平夷洞達，萬方輻湊？秦嶺九嵕，涇渭之川。曷若四瀆五嶽，帶河泝洛，圖書之淵？

建章、甘泉，館御列仙。孰與靈臺、明堂，統和天人？太液、昆明，鳥獸之囿。曷若辟雍海流，道德之富？游俠逾侈，犯義侵禮。孰與同履法度，翼翼濟濟也？子徒習秦阿房之造天，而不知京洛之有制也。識函谷之可關，而不知王者之無外也。』

主人之辭未終，西都賓矍然失容。逡巡降階，慄然意下，捧手欲辭。主人曰：『復位，今將授子以五篇之詩。』賓既卒業，乃稱曰：『美哉乎斯詩！義正乎楊雄，事實乎相如。匪唯主人之好學，蓋乃遭遇乎斯時也。小子狂簡，不知所裁，既聞正道，請終身而誦之。』其詩曰：

### 明堂詩

於昭明堂，明堂孔陽。聖皇宗祀，穆穆煌煌。上帝宴饗，五位時序。誰其配之，世祖光武。普天率土，各以其職。猗歟緝熙，允懷多福。

### 辟雍詩

乃流辟雍，辟雍湯湯。聖皇莅止，造舟爲梁。皤皤國老，乃父乃兄。抑抑威儀，孝友光明。於赫太上，示我漢行。洪化惟神，永觀厥成。



### 靈臺詩

乃經靈台，靈台既崇。帝勤時登，爰考休徵。三光宣精，五行布序。習習祥風，祁祁甘雨。百穀蓁蓁，庶草蕃廡。屢惟豐年，於皇樂胥。

### 寶鼎詩

嶽脩貢兮川效珍，吐金景兮歊浮雲。寶鼎見兮色紛縕，煥其炳兮被龍文。登祖廟兮享聖神，昭靈德兮彌億年。

### 白雉詩

啓靈篇兮披瑞圖，獲白雉兮效素烏。嘉祥阜兮集皇都。發皓羽兮奮翹英，容絜朗兮於純精。彰皇德兮侔周成，永延長兮膺天慶。

# 昭明文選卷二

【京都上】

## 西京賦一首

張平子

有憑虛公子者，心奓體忲。雅好博古，學乎舊史氏，是以多識前代之載。言於安處先生曰：『夫人在陽時則舒，在陰時則慘，此牽乎天者也。處沃土則逸，處瘠土則勞，此繫乎地者也。慘則尠於驩，勞則褊於惠，能違之者寡矣。小必有之，大亦宜然。故帝者因天地以致化，兆民承上教以成俗。化俗之本，有與推移。何以覈諸？秦據雍而彊，周即豫而弱。高祖都西而泰，光武處東而約。政之興衰，恒由此作。先生獨不見西京之事歟？請爲吾子陳之。

『漢氏初都，在渭之涘。秦里其朔，寔爲咸陽。左有崤函重險，桃林之塞。綴以二華，巨靈贔屓，高掌遠蹠，以流河曲，厥跡猶存。右有隴坻之隘，隔閡華戎。岐梁汧雍，陳寶鳴雞在焉。於前則終南太一，隆崛崔崒，隱轔鬱律。連岡乎嶓冢，抱杜含鄠，欱灃吐鎬。爰有藍田珍玉，是之自出。於後則高陵平原，據渭踞涇。澶漫靡迤，



作鎮於近。其遠則九嵕甘泉，涸陰沍寒，日北至而含凍，此焉清暑。爾乃廣衍沃野，厥田上上，寔惟地之奧區神皋。昔者大帝說秦繆公而覲之，饗以鈞天廣樂。帝有醉焉，乃爲金策，錫用此土，而翦諸鶉首。是時也，並爲彊國者有六，然而四海同宅西秦，豈不詭哉？

『自我高祖之始入也，五緯相汁，以旅于東井。婁敬委輅，幹非其議。天啓其心，人惎之謀。及帝圖時，意亦有慮乎神祇，宜其可定以爲天邑。豈伊不虔思於天衢？豈伊不懷歸於枌榆？天命不滔，疇敢以渝！於是量徑輪，考廣袤。經城洫，營郭郛。取殊裁於八都，豈啓度於往舊？乃覽秦制，跨周法。狹百堵之側陋，增九筵之迫脅。正紫宮於未央，表嶢闕於閶闔。疏龍首以抗殿，狀巍峨以岌嶫。亘雄虹之長梁，結棼橑以相接。蔕倒茄於藻井，披紅葩之狎獵。飾華榱與璧璫，流景曜之韡曄。雕楹玉碣，繡栭雲楣。三階重軒，鏤檻文梍。右平左城，青瑣丹墀。刊層平堂，設切厓隒。坻崿鱗眴，棧齴巉嶮。襄岸夷塗，脩路陖險。重門襲固，姦宄是防。仰

福帝居，陽曜陰藏。洪鐘萬鈞，猛虡趪趪。負笱業而餘怒，乃奮翅而騰驤。朝堂承東，温調延北。西有玉臺，聯以昆德。嵯峨崨嶫，罔識所則。若夫長年、神仙，宣室、玉堂，麒麟、朱鳥、龍興、含章。譬衆星之環極，叛赫戲以煇煌。正殿路寢，用朝群辟。大夏耽耽，九户開闢。嘉木樹庭，芳草如積。高門有閌，列坐金狄。内有常侍謁者，奉命當御。蘭臺金馬，遞宿迭居。次有天禄石渠，校文之處。重以虎威章溝，嚴更之署。徼道外周，千廬内附。衛尉八屯，警夜巡晝。植鎩懸瞂，用戒不虞。

『後宫則昭陽飛翔，增成合驩，蘭林披香，鳳皇鴛鸞。群窈窕之華麗，嗟内顧之所觀。故其館室次舍，采飾纖縟。裛以藻繡，文以朱緑。翡翠火齊，絡以美玉。流懸黎之夜光，綴隨珠以爲燭。金戺玉階，彤庭煇煇。珊瑚琳碧，瓀珉璘彬。珍物羅生，煥若崑崙。雖厥裁之不廣，侈靡逾乎至尊。於是鉤陳之外，閣道穹隆。屬長樂與明光，徑北通乎桂宫。命般爾之巧匠，盡變態乎其中。後宫不移，樂不徙懸。門衛供帳，官以物辨。恣意所幸，下輦成燕。窮年忘歸，猶弗能遍。瑰異日新，殫所未見。

『惟帝王之神麗，懼尊卑之不殊。雖斯宇之既坦，心猶憑而未攄。思比象於紫微，恨阿房之不可廬。覛往昔之遺館，獲林光於秦餘。處甘泉之爽塏，乃隆崇而弘敷。既新作於迎風，增露寒與儲胥。託喬基於山岡，直墆霓以高居。通天訬以竦峙，徑百常而莖擢。上辩華以交紛，下刻陗其若削。翔鶤仰而不逮，況青鳥與黄雀。伏櫺檻而頫聽，聞雷霆之相激。柏梁既災，越巫陳方。建章是經，用厭火祥。營宇之制，事兼未央。圜闕竦以造天，若雙碣之相望。鳳騫翥於甍標，咸溯風而欲翔。閶闔之内，别風嶕嶢。何工巧之瑰瑋，交綺豁以疏寮。干雲霧而上達，狀亭亭以苕苕。神明崛其特起，井幹疊而百增。跱遊極於浮柱，結重欒以相承。累層構而遂隮，望北辰而高興。消雰埃於中宸，集重陽之清澂。瞰宛虹之長鬐，察雲師之所憑。上飛闥而仰眺，正覩瑶光與玉繩。將乍往而未半，怵悼栗而慫兢。非都盧之輕趫，孰能超而究升？駁娑駘蕩，燾奡桔桀。枍詣承光，睽罛庨豁。櫼桴重棼，鍔鍔列列。反宇業業，飛簷䡾䡾。流景内照，引曜日月。天梁之宫，寔開高闈。旗不脱扃，結駟方蘄。轢輻輕騖，容於一扉。長廊廣廡，途閣雲蔓。閈庭詭異，門千户萬。重閨幽闥，

轉相逾延。望窗窱以徑廷，眇不知其所返。既乃珍臺蹇產以極壯，墱道邐倚以正東。似閬風之遐坂，横西洫而絶金墉。城尉不弛柝，而内外潛通。

『前開唐中，彌望廣潒。顧臨太液，滄池漭沆。漸臺立於中央，赫昈昈以弘敞。清淵洋洋，神山峨峨。列瀛洲與方丈，夾蓬萊而駢羅。上林岑以壘嵲，下嶄巖以喦齬。長風激於別隯，起洪濤而揚波。浸石菌於重涯，濯靈芝以朱柯。海若游於玄渚，鯨魚失流而蹉跎。於是采少君之端信，庶欒大之貞固。立脩莖之仙掌，承雲表之清露。屑瓊蕊以朝飡，必性命之可度。美往昔之松喬，要羨門乎天路。想升龍於鼎湖，豈時俗之足慕？若歷世而長存，何遽營乎陵墓？

『徒觀其城郭之制，則旁開三門，參塗夷庭。方軌十二，街衢相經。廛里端直，甍宇齊平。北闕甲第，當道直啓。程巧致功，期不阤陊。木衣綈錦，土被朱紫。武庫禁兵，設在蘭錡。匪石匪董，疇能宅此？爾乃廓開九市，通闤帶闠。旗亭五重，俯察百隧。周制大胥，今也惟尉。瓌貨方至，鳥集鱗萃。鬻者兼贏，求者不匱。爾乃商賈百族，裨販夫婦。鬻良雜苦，蚩眩邊鄙。何必昏於作勞，邪贏優而足恃？彼肆人之男女，麗美奢乎許史。若夫翁伯濁質，張里之家，擊鍾鼎食，連騎相過。東京公侯，壯何能加？都邑遊俠，張趙之倫。齊志無忌，擬跡田文。輕死重氣，結黨連群。寔蕃有徒，其從如雲。茂陵之原，陽陵之朱。趫悍虓豁，如虎如貙。睚眥蠆芥，尸僵路隅。丞相欲以贖子罪，陽石汙而公孫誅。若其五縣遊麗辯論之士，街談巷議，彈射臧否。剖析毫氂，擘肌分理。所好生毛羽，所惡成創痏。郊甸之内，鄉邑殷賑。五都貨殖，既遷既引。商旅聯槅，隱隱展展。冠帶交錯，方轅接軫。封畿千里，統以京尹。郡國宫館，百四十五。右極盩厔，并卷酆鄠。左暨河華，遂至虢土。

『上林禁苑，跨谷彌皋。東至鼎湖，邪界細柳。掩長楊而聯五柞，繞黄山而款牛首。繚垣緜聯，四百餘里。植物斯生，動物斯止。衆鳥翩翻，群獸駓騃。散似驚波，聚以京峙。伯益不能名，隸首不能紀。林麓之饒，于何不有？木則樅栝椶柟，梓棫楩楓。嘉卉灌叢，蔚若鄧林。鬱蓊薆薱，橚爽櫹槮。吐葩颺榮，布葉垂陰。草則葴莎菅蒯，薇蕨荔苀。王芻莔臺，戎葵懷羊。苯䔿蓬茸，彌皋被岡。篠簜敷衍，編町成篁。山谷原隰，泱漭無疆。乃有昆明靈沼，黑水玄阯。周以金堤，樹以柳杞。豫章珍

館，揭焉中峙。牽牛立其左，織女處其右。日月於是乎出入，象扶桑與濛汜。其中則有黿鼉巨鱉，鱣鯉鱮鮦。鮪鯢鱨魦，脩額短項。大口折鼻，詭類殊種。鳥則鷫鷞鴰鴇，駕鵝鴻鶤。上春候來，季秋就温。南翔衡陽，北棲鴈門。奮隼歸鳧，沸卉軿訇。衆形殊聲，不可勝論。

『於是孟冬作陰，寒風肅殺。雨雪飄飄，冰霜慘烈。百卉具零，剛蟲搏摯。爾乃振天維，衍地絡，蕩川瀆，簸林薄。鳥畢駭，獸咸作，草伏木棲，寓居穴託。起彼集此，霍繹紛泊。在彼靈囿之中，前後無有垠鍔。虞人掌焉，爲之營域。焚萊平場，柞木翦棘。結罝百里，迒杜蹊塞。麀鹿麌麌，駢田偪仄。天子乃駕彫軫，六駿駮，戴翠帽，倚金較。璿弁玉纓，遺光儵爚。建玄弋，樹招摇。棲鳴鳶，曳雲梢。弧旌枉矢，虹旃蜺旄。華蓋承辰，天畢前驅。千乘雷動，萬騎龍趨。屬車之簉，載獫獥獢。匪唯翫好，乃有秘書。小說九百，本自虞初。從容之求，寔俟寔儲。於是蚩尤秉鉞，奮鬣被般。禁禦不若，以知神姦。螭魅魍魎，莫能逢旃。陳虎旅於飛廉，正壘壁乎上蘭。結部曲，整行伍。燎京薪，駴雷鼓。縱獵徒，赴長莽。迾卒清候，武士赫怒。緹衣韎韐，睢盱拔扈。光炎燭天庭，囂聲震海浦。河渭爲之波蕩，吴嶽爲之陁堵。百禽㥄遽，騤瞿奔觸。喪精亡魂，失歸忘趨。投輪關輻，不邀自遇。飛罕潚箾，流鏑擂㩧。矢不虛舍，鋋不苟躍。當足見蹍，值輪被轢。僵禽斃獸，爛若磧礫。但觀罝羅之所羂結，竿殳之所揘畢。叉蔟之所攙捔，徒搏之所撞㧊。白日未及移其晷，已獮其什七八。

『若夫游鷮高翬，絶阬逾斥。毚兔聯猭，陵巒超壑。比諸東郭，莫之能獲。乃有迅羽輕足，尋景追括。鳥不暇舉，獸不得發。青骹摯於韝下，韓盧噬於緤末。及其猛毅髬髵，隅目高匡。威懾兕虎，莫之敢伉。乃使中黄之士，育獲之儔。朱鬘鬠髽，植髮如竿。袒裼戟手，奎踽盤桓。鼻赤象，圈巨狿。摣狒猬，批窳狻。揩枳落，突棘藩。梗林爲之靡拉，樸叢爲之摧殘。輕鋭僄狡，趫捷之徒，赴洞穴，探封狐。陵重巘，獵昆駼。杪木末，擭獑猢。超殊榛，擿飛鼯。

『是時後宮嬖人，昭儀之倫，常亞於乘輿。慕賈氏之如皋，樂北風之同車。盤于游畋，其樂只且。於是鳥獸殫，目觀窮。遷延邪睨，集乎長楊之宮。息行夫，展車馬。

收禽舉胔，數課衆寡。置互擺牲，頒賜獲鹵。割鮮野饗，犒勤賞功。五軍六師，千列百重。酒車酌醴，方駕授饔。升觴舉燧，既釂鳴鐘。膳夫馳騎，察貳廉空。炙炰夥，清酤䤈。皇恩溥，洪德施。徒御悅，士忘罷。巾車命駕，迴斾右移。相羊乎五柞之館，旋憩乎昆明之池。登豫章，簡矰紅。蒲且發，弋高鴻。挂白鵠，聯飛龍。磻不特絓，往必加雙。

『於是命舟牧，爲水嬉。浮鷁首，翳雲芝。垂翟葆，建羽旗。齊栧女，縱棹歌。發引和，校鳴葭。奏淮南，度陽阿。感河馮，懷湘娥。驚蝄蜽，憚蛟蛇。然後釣魴鱧，纚鰋鮋。摭紫貝，搏耆龜。搤水豹，馽潛牛。澤虞是濫，何有春秋？擿漻澥，搜川瀆，布九罭，設罜麗。摷昆鮞，殄水族。蘧藕拔，蜃蛤剥。逞欲畋魰，效獲麑麇。摎蓼浶浪，乾池滌藪。上無逸飛，下無遺走。擭胎拾卵，蚳蝝盡取。取樂今日，遑恤我後。既定且寧，焉知傾陁。

『大駕幸乎平樂，張甲乙而襲翠被。攢珍寶之翫好，紛瑰麗以奓靡。臨迴望之廣場，程角觝之妙戲。烏獲扛鼎，都盧尋橦。衝狹燕濯，胸突銛鋒。跳丸劒之揮霍，走索上而相逢。華嶽峨峨，岡巒參差。神木靈草，朱實離離。總會仙倡，戲豹舞羆。白虎鼓瑟，蒼龍吹篪。女娥坐而長歌，聲清暢而蝼蛇。洪涯立而指麾，被毛羽之襳䙰。度曲未終，雲起雪飛。初若飄飄，後遂霏霏。複陸重閣，轉石成雷。礔礰激而增響，磅磕象乎天威。巨獸百尋，是爲曼延。神山崔巍，欻從背見。熊虎升而拏攫，猨狖超而高援。怪獸陸梁，大雀踆踆。白象行孕，垂鼻轔囷。海鱗變而成龍，狀蜿蜿以蝹蝹。含利颬颬，化爲仙車。驪駕四鹿，芝蓋九葩。蟾蜍與龜，水人弄蛇。奇幻儵忽，易貌分形。吞刀吐火，雲霧杳冥。畫地成川，流渭通涇。東海黄公，赤刀粤祝，冀厭白虎，卒不能救。挾邪作蠱，於是不售。爾乃建戲車，樹脩旃。侲僮程材，上下翩翻。突倒投而跟絓，譬隕絶而復聯。百馬同轡，騁足並馳。橦末之伎，態不可彌。彎弓射乎西羌，又顧發乎鮮卑。

『於是衆變盡，心酲醉。盤樂極，悵懷萃。陰戒期門，微行要屈。降尊就卑，懷璽藏紱。便旋閭閻，周觀郊遂。若神龍之變化，章后皇之爲貴。然後歷掖庭，適驩館。捐衰色，從嫿婉。促中堂之陿坐，羽觴行而無筭。秘舞更奏，妙材騁伎。妖蠱

豔夫夏姬，美聲暢於虞氏。始徐進而羸形，似不任乎羅綺。嚼清商而却轉，增嬋蜎以此豸。紛縱體而迅赴，若驚鶴之群罷。振朱屣於盤樽，奮長袖之颯纚。要紹修態，麗服颺菁。眳藐流眄，一顧傾城。展季桑門，誰能不營？列爵十四，競媚取榮。盛衰無常，唯愛所丁。衛后興於鬒髮，飛燕寵於體輕。爾乃逞志究欲，窮身極娛。鑒戒唐《詩》，他人是媮。自君作故，何禮之拘？增昭儀於婕妤，賢既公而又侯。許趙氏以無上，思致董於有虞。王閎争於坐側，漢載安而不渝。

『高祖創業，繼體承基。暫勞永逸，無爲而治。耽樂是從，何慮何思？多歷年所，二百餘期。徒以地沃野豐，百物殷阜。巖險周固，衿帶易守。得之者強，據之者久。流長則難竭，柢深則難朽。故奢泰肆情，馨烈彌茂。鄙生生乎三百之外，傳聞於未聞之者。曾仿佛其若夢，未一隅之能覩。此何與於殷人屢遷，前八而後五？居相圮耿，不常厥土。盤庚作誥，帥人以苦。方今聖上，同天號於帝皇，掩四海而爲家，富有之業，莫我大也。徒恨不能以靡麗爲國華，獨儉嗇以齷齪，忘《蟋蟀》之謂何？豈欲之而不能，將能之而不欲歟？蒙竊惑焉，願聞所以辯之之説也。』

# 昭明文選卷三

【京都中】

## 東京賦一首　張平子

安處先生於是似不能言，憮然有間，乃莧爾而笑曰：『若客所謂末學膚受，貴耳而賤目者也！苟有胸而無心，不能節之以禮，宜其陋今而榮古矣！由余以西戎孤臣，而悝繆公於宮室，如之何其以温故知新，研覈是非，近於此惑？

『周姬之末，不能厥政，政用多僻。始於宮鄰，卒於金虎。嬴氏搏翼，擇肉西邑。是時也，七雄並争，競相高以奢麗。楚築章華於前，趙建叢臺於後。秦政利觜長距，終得擅場，思專其侈，以莫己若。乃構阿房，起甘泉，結雲閣，冠南山。征稅盡，人力殫。然後收以太半之賦，威以參夷之刑。其遇民也，若薙氏之芟草，既蘊崇之，又行火焉！悇悇黔首，豈徒跼高天，蹐厚地而已哉？乃救死於其頸！驅以就役，唯力是視，百姓弗能忍，是用息肩於大漢，而欣戴高祖。



『高祖膺籙受圖，順天行誅，杖朱旗而建大號。所推必亡，所存必固。掃項軍於垓下，紲子嬰於軹塗。因秦宮室，據其府庫。作洛之制，我則未暇。是以西匠營宮，目玩阿房。規摹逾溢，不度不臧。損之又損之，然尚過於周堂。觀者狹而謂之陋，帝已譏其泰而弗康。

『且高既受命建家，造我區夏矣。文又躬自菲薄，治致升平之德。武有大啓土宇，紀禪肅然之功。宣重威以撫和戎狄，呼韓來享。咸用紀宗存主，饗祀不輟，銘勳彝器，歷世彌光。今捨純懿而論爽德，以《春秋》所諱而爲美談，宜無兼於往初，故蔽善而揚惡，祇吾子之不知言也。必以肆奢爲賢，則是黄帝合宮，有虞總期，固不如夏癸之瑶臺，殷辛之瓊室也。湯武誰革而用師哉？盍亦覽東京之事以自寤乎？

『且天子有道，守在海外。守位以仁，不恃隘害。苟民志之不諒，何云巖險與襟帶？秦負阻於二關，卒開項而受沛。彼偏據而規小，豈如宅中而圖大。

『昔先王之經邑也，掩觀九隩，靡地不營。土圭測景，不縮不盈。總風雨之所交，然後以建王城。審曲面勢，泝洛背河，左伊右瀍。西阻九阿，東門于旋。盟津達

其後，太谷通其前。迴行道乎伊闕，邪徑捷乎轘轅。大室作鎮，揭以熊耳。厎柱輟流，鐔以大岯。温液湯泉，黑丹石緇。王鮪岫居，能鱉三趾。宓妃攸館，神用挺紀。龍圖授羲，龜書畀姒。召伯相宅，卜惟洛食。周公初基，其繩則直。萇弘魏舒，是廓是極。經途九軌，城隅九雉。度堂以筵，度室以几。京邑翼翼，四方所視。漢初弗之宅，故宗緒中圮。

『巨猾間亹，竊弄神器。歷載三六，偷安天位。于時蒸民，罔敢或貳。其取威也重矣！我世祖忿之，乃龍飛白水，鳳翔參墟。授鉞四七，共工是除。欃槍旬始，群凶靡餘。區宇乂寧，思和求中。睿哲玄覽，都茲洛宮。曰止曰時，昭明有融。既光厥武，仁洽道豐。登岱勒封，與黃比崇。

『逮至顯宗，六合殷昌。乃新崇德，遂作德陽。啓南端之特闈，立應門之將將。昭仁惠於崇賢，抗義聲於金商。飛雲龍於春路，屯神虎於秋方。建象魏之兩觀，旌六典之舊章。其内則含德章臺，天禄宣明。温飭迎春，壽安永寧。飛閣神行，莫我能形。濯龍芳林，九谷八溪。芙蓉覆水，秋蘭被涯。渚戲躍魚，淵游龜蠵，永安離宮，



脩竹冬青。陰池幽流，玄泉洌清。鵯鶋秋棲，鶻鵃春鳴。雎鳩麗黃，關關嚶嚶。於南則前殿靈臺，龢驩安福。謻門曲榭，邪阻城洫。奇樹珍果，鉤盾所職。西登少華，亭候修敕。九龍之内，寔曰嘉德。西南其户，匪雕匪刻。我后好約，乃宴斯息。於東則洪池清蘌，渌水澹澹。内阜川禽，外豐葭菼。獻鱉蜃與龜魚，供蝸蠯與菱芡。其西則有平樂都場，示遠之觀。龍雀蟠蜿，天馬半漢。瑰異譎詭，燦爛炳焕。奢未及侈，儉而不陋。規遵王度，動中得趣。

『於是觀禮，禮舉儀具。經始勿亟，成之不日。猶謂爲之者勞，居之者逸。慕唐虞之茅茨，思夏后之卑室。乃營三宮，布教頒常。複廟重屋，八達九房。規天矩地，授時順鄉。造舟清池，惟水泱泱。左制辟雍，右立靈臺。因進距衰，表賢簡能。馮相觀祲，祈褫禳災。

『於是孟春元日，群后旁戾。百僚師師，于斯胥洎。藩國奉聘，要荒來質。具惟帝臣，獻琛執贄。當覲乎殿下者，蓋數萬以二。爾乃九賓重，臚人列。崇牙張，鏞鼓設。郎將司階，虎戟交鎩。龍輅充庭，雲旗拂霓。夏正三朝，庭燎晢晢。撞洪鍾，伐

靈鼓，旁震八鄙，軯礚隱訇。若疾霆轉雷，而激迅風也。

『是時稱警蹕已，下雕輦於東廂。冠通天，佩玉璽，紆皇組，要干將。負斧扆，次席紛純，左右玉几，而南面以聽矣。然後百辟乃入，司儀辨等，尊卑以班，璧、羔、皮、帛之贄既奠，天子乃以三揖之禮禮之。穆穆焉，皇皇焉，濟濟焉，將將焉，信天下之壯觀也。乃羡公侯卿士，登自東除，訪萬機，詢朝政，勤恤民隱，而除其眚。人或不得其所，若己納之於隍。荷天下之重任，匪怠皇以寧靜。發京倉，散禁財。賚皇寮，逮輿臺。命膳夫以大饗，饔餼浹乎家陪。春醴惟醇，燔炙芬芬。君臣歡康，具醉熏熏。千品萬官，已事而踆。勤屢省，懋乾乾。清風協於玄德，淳化通於自然。憲先靈而齊軌，必三思以顧愆。招有道於側陋，開敢諫之直言。聘丘園之耿絜，旅束帛之戔戔。上下通情，式宴且盤。

『及將祀天，郊報地功，祈福乎上玄，思所以爲虔。肅肅之儀盡，穆穆之禮殫。然後以獻精誠，奉禋祀，曰：「允矣，天子者也。」乃整法服，正冕帶。珩紞紘綖，玉笄綦會。火龍黼黻，藻繂鞶厲。結飛雲之祫輅，樹翠羽之高蓋。建辰旒之太常，紛焱悠以容裔。六玄虯之奕奕，齊騰驤而沛艾。龍輈華轙，金鋄鏤鍚。方釳左纛，鉤膺玉瓖。鑾聲噦噦，和鈴鉠鉠。重輪貳轄，疏轂飛軨羽蓋威蕤，葩瑵曲莖。順時服而設副，咸龍旂而繁纓。立戈迤戛，農輿輅木。屬車九九，乘軒並轂。琱弩重旃，朱旄青屋。奉引既畢，先輅乃發。鸞旗皮軒，通帛綪旆。雲罕九斿，闟戟轇輵。髶髦被繡，虎夫戴鶡。駙承華之蒲梢，飛流蘇之騷殺。總輕武於後陳，奏嚴鼓之嘈囐。戎士介而揚揮，戴金鉦而建黃鉞。清道案列，天行星陳。肅肅習習，隱隱轔轔。殿未出乎城闕，旆已反乎郊畛。盛夏后之致美，爰敬恭於明神。

『爾乃孤竹之管，雲和之瑟。雷鼓鼝鼝，六變既畢。冠華秉翟，列舞八佾。元祀惟稱，群望咸秩。颺槱燎之炎煬，致高煙乎太一。神歆馨而顧德，祚靈主以元吉。然後宗上帝於明堂，推光武以作配。辯方位而正則，五精帥而來摧。尊赤氏之朱光，四靈懋而允懷。於是春秋改節，四時迭代。蒸蒸之心，感物曾思。躬追養於廟祧，奉蒸嘗與禴祠。物牲辯省，設其楅衡。毛炰豚胉，亦有和羹。滌濯靜嘉，禮儀孔明。萬舞奕奕，鍾鼓喤喤。靈祖皇考，來顧來饗。神具醉止，降福穰穰。

昭明文選

『及至農祥晨正，土膏脉起。乘鑾輅而駕蒼龍，介馭間以剡耜。躬三推於天田，修帝籍之千畝。供禘郊之粢盛，必致思乎勤己。兆民勸於疆場，咸懋力以耘耔。春日載陽，合射辟雍。設業設虡，宮懸金鏞。鼖鼓路鼗，樹羽幢幢。於是備物，物有其容。伯夷起而相儀，后夔坐而爲工。張大侯，制五正。設三乏，厞司旌。并夾既設，儲乎廣庭。於是皇輿夙駕，輂於東階，以須消啓明掃朝霞，登天光於扶桑。天子乃撫玉輅，時乘六龍。發鯨魚，鏗華鍾。大丙弭節，風后陪乘。攝提運衡，徐至於射宮。禮事展，樂物具。《王夏》闋，騶虞奏。決拾既次，彫弓斯彀。達餘萌於暮春，昭誠心以遠喻。進明德而崇業，滌饕餮之貪欲。仁風衍而外流，誼方激而遐騖。日月會於龍狵，恤民事之勞疚。因休力以息勤，致歡忻於春酒。執鑾刀以祖割，奉觴豆於國叟。降至尊以訓恭，送迎拜乎三壽。敬慎威儀，示民不偷。我有嘉賓，其樂愉愉。聲教布濩，盈溢天區。

『文德既昭，武節是宣。三農之隙，曜威中原。歲惟仲冬，大閱西園。虞人掌焉，先期戒事。悉率百禽，鳩諸靈囿。獸之所同，是謂告備。乃御小戎，撫輕軒。中畋四牡，既佶且閑。戈矛若林，牙旗繽紛。迄上林，結徒營。次和樹表，司鐸授鉦。坐作進退，節以軍聲。三令五申，示戮斬牲。陳師鞠旅，教達禁成。火列具舉，武士星敷。鵝鸛魚麗，箕張翼舒。軌塵掩迒，匪疾匪徐。馭不詭遇，射不翦毛。升獻六禽，時膳四膏。馬足未極，輿徒不勞。成禮三毆，解罘放麟。不窮樂以訓儉，不殫物以昭仁。慕天乙之弛罟，因教祝以懷民。儀姬伯之渭陽，失熊羆而獲人。澤浸昆蟲，威振八寓。好樂無荒，允文允武。薄狩于敖，既璅璅焉。岐陽之蒐，又何足數。

『爾乃卒歲大儺，毆除群厲。方相秉鉞，巫覡操茢。侲子萬童，丹首玄製。桃弧棘矢，所發無臬。飛礫雨散，剛癉必斃。煌火馳而星流，逐赤疫於四裔。然後淩天池，絕飛梁。捎魑魅，斮獝狂。斬蜲蛇，腦方良。因耕父於清泠，溺女魃於神潢。殘夔魖與罔象，殪野仲而殲游光。八靈爲之震慴，况鬾蜮與畢方。度朔作梗，守以鬱壘。神荼副焉，對操索葦。目察區陬，司執遺鬼。京室密清，罔有不韙。

『於是陰陽交和，庶物時育。卜征考祥，終然允淑。乘輿巡乎岱嶽，勸稼穡於原陸。同衡律而壹軌量，齊急舒於寒燠。省幽明以黜陟，乃反旆而迴復。望先帝之舊

墟，慨長思而懷古！俟閶風而西遐，致恭祀乎高祖。既春游以發生，啓諸蟄於潛户。度秋豫以收成，觀豐年之多稌。嘉田畯之匪懈，行致賚于九扈。左瞰暘谷，右睨玄圃。眇天末以遠期，規萬世而大摹。且歸來以釋勞，膺多福以安悆，總集瑞命，備致嘉祥。圉林氏之騶虞，擾澤馬與騰黃。鳴女牀之鸞鳥，舞丹穴之鳳皇。植華平於春圃，豐朱草於中唐。惠風廣被，澤洎幽荒。北燮丁令，南諧越裳。西包大秦，東過樂浪。重舌之人九譯，僉稽首而來王。

『是以論其遷邑易京，則同規乎殷盤。改奢即儉，則合美乎《斯干》。登封降禪，則齊德乎黄軒。爲無爲，事無事，永有民，以孔安。遵節儉，尚素樸。思仲尼之克己，履老氏之常足。將使心不亂其所在，目不見其可欲。賤犀象，簡珠玉。藏金於山，抵璧於谷。翡翠不裂，瑇瑁不蔟。所貴惟賢，所寶惟穀。民去末而反本，咸懷忠而抱慤。于斯之時，海内同悦，曰：「吁！漢帝之德，侯其禕而！」蓋蓂莢爲難蒔也，故曠世而不覩。惟我后能殖之，以至和平，方將數諸朝階。然則道胡不懷，化胡不柔？聲與風翔，澤從雲游。萬物我賴，亦又何求？德寓天覆，輝烈光燭。狹三王之趢趗，軼五帝之長驅。踵二皇之遐武，誰謂駕遲而不能屬？東京之懿未罄，值余有犬馬之疾，不能究其精詳。故粗爲賓言其梗概如此。

『若乃流遁忘反，放心不覺，樂而無節，後離其戚，一言幾於喪國，我未之學也。且夫挈缾之智，守不假器。況纂帝業，而輕天位。瞻仰二祖，厥庸孔肆。常翹翹以危懼，若乘奔而無轡。白龍魚服，見困豫且。雖萬乘之無懼，猶惕戒於一夫。終日不離其輜重，獨微行其焉如？夫君人者，黈纊塞耳，車中不内顧。珮以制容，鑾以節塗。行不變玉，駕不亂步。却走馬以糞車，何惜騕褭與飛兔。方其用財取物，常畏生類之殄也。賦政任役，常畏人力之盡也。取之以道，用之以時。山無槎枿，畋不麑胎。草木蕃廡，鳥獸阜滋。民忘其勞，樂輸其財。百姓同於饒衍，上下共其雍熙。洪恩素蓄，民心固結。執誼顧主，夫懷貞節。忿奸慝之干命，怨皇統之見替。玄謀設而陰行，合二九而成譎。登聖皇於天階，章漢祚之有秩。若此，故王業可樂焉。

『今公子苟好剿民以媮樂，忘民怨之爲仇也；好殫物以窮寵，忽下叛而生憂

昭明文選　卷二　東京賦　二八

也。夫水所以載舟，亦所以覆舟。堅冰作於履霜，尋木起於蘖栽。昧旦丕顯，後世猶怠。況初制於甚泰，服者焉能改裁。故相如壯《上林》之觀，楊雄騁《羽獵》之辭。雖系以隤牆填壍，亂以收罝解罘。卒無補於風規，衹以昭其愆尤。臣濟奓以陵君，忘經國之長基。故函谷擊柝於東，西朝顛覆而莫持。凡人心是所學，體安所習。鮑肆不知其臭，翫其所以先入。咸池不齊度於鼃咬，而衆聽或疑。能不惑者，其唯子野乎？』

客既醉於大道，飽於文義。勸德畏戒，喜懼交爭。罔然若酲，朝罷夕倦，奪氣褫魄之爲者，忘其所以爲談，失其所以爲夸。良久乃言曰：『鄙哉予乎！習非而遂迷也，幸見指南於吾子。若僕所聞，華而不實；先生之言，信而有徵。鄙夫寡識，而今而後，乃知大漢之德馨，咸在於此。昔常恨三墳五典既泯。仰不覩炎帝帝魁之美，得聞先生之餘論。則大庭氏何以尚玆？走雖不敏，庶斯達矣。』

# 昭明文選卷四

【京都中】

## 南都賦一首

張平子

於顯樂都，既麗且康！陪京之南，居漢之陽。割周楚之豐壤，跨荆豫而爲疆。體爽塏以閑敞，紛郁郁其難詳。

爾其地勢，則武闕關其西，桐栢揭其東。流滄浪而爲隍，廓方城而爲墉。湯谷涌其後，淯水蕩其胸。推淮引湍，三方是通。

其寶利珍怪，則金彩玉璞，隋珠夜光。銅錫鉛鍇，赭堊流黄。緑碧紫英，青雘丹粟。太一餘糧，中黄瑴玉。松子神陂，赤靈解角。耕父揚光於清泠之淵，游女弄珠於漢皐之曲。

其山則崆岘嶱嵑，嵣㟍嶚刺。岝㟧嶵嵬，嶔巇屹𡿪。幽谷嶜岑，夏含霜雪。或峮嶙而纚連，或豁爾而中絶。鞠巍巍其隱天，俯而觀乎雲霓。



若夫天封大狐，列仙之陬。上平衍而曠蕩，下蒙籠而崎嶇。坂坻巀嶭而成甗，谿壑錯繆而盤紆。芝房菌蠢生其隈，玉膏滵溢流其隅。崑崙無以奓，閬風不能踰。

其木則檉松楔㯶，㮫栢杻橿。楓柙櫨櫪，帝女之桑。楈枒栟櫚，柍柘檍檀。結根竦本，垂條嬋媛。布緑葉之萋萋，敷華蘂之蓑蓑。玄雲合而重陰，谷風起而增哀。攢立叢駢，青冥盰瞑。杳藹蓊鬱於谷底，森蓴蓴而刺天。虎豹黄熊游其下，㲉玃猱挺戲其巔。鸞鷟鵷雛翔其上，騰猨飛蠝棲其間。其竹則籦籠䈽篾，篠簳箛箠。緣延坻阪，澶漫陸離。阿那蓊茸，風靡雲披。

爾其川瀆，則滍澧藻濜，發源巖穴。潛廅洞出，沒滑瀎潏。布濩漫汗，漭沆洋溢。總括趨欲，箭馳風疾。流湍投濈，砏汃輣軋。長輸遠逝，漻淚淢汩。其水蟲則有蠳龜鳴蛇，潛龍伏螭。鱏鱣鰅鱅，黿鼉鮫鱅。巨蚌函珠，駮瑕委蛇。

於其陂澤，則有鉗盧玉池，赭陽東陂。貯水渟洿，亘望無涯。其草則藨苧蘋莞，蔣蒲蒹葭。藻茆菱芡，芙蓉含華。從風發榮，斐披芬葩。其鳥則有鴛鴦鵠鷖，鴻鴇駕鵝。鶊鶬鸊鵜，鷫鷞鶂鸕。嚶嚶和鳴，澹淡隨波。

其水則開竇灑流，浸彼稻田。溝澮脉連，隄塍相輅。朝雲不興，而潢潦獨臻。決渫則暵，爲溉爲陸。冬稌夏穱，隨時代熟。其原野則有桑漆麻紵，菽麥稷黍。百穀蕃廡，翼翼與與。

若其園圃，則有蓼蕺蘘荷，藷蔗薑蟠，菥蓂芋瓜。乃有櫻梅山柿，侯桃梨栗。梬棗若留，穰橙鄧橘。其香草則有薜荔蕙若，薇蕪蓀萇。晻曖蓊蔚，含芬吐芳。

若其厨膳，則有華薌重秬，滍皐香秔。歸鴈鳴鵽，黄稻鮮魚，以爲芍藥。酸甜滋味，百種千名。春卵夏筍，秋韭冬菁。蘇蔱紫薑，拂徹羶腥。酒則九醖甘醴，十旬兼清。醪敷徑寸，浮蟻若蓱。其甘不爽，醉而不酲。

及其糺宗綏族，禴祠蒸嘗。以速遠朋，嘉賓是將。揖讓而升，宴于蘭堂。珍羞琅玕，充溢圓方。琢琱狎獵，金銀琳琅。侍者蠱媚，巾幘鮮明。被服雜錯，履躡華英。儇才齊敏，受爵傳觴。獻酬既交，率禮無違。彈琴擫籥，流風徘徊。清角發徵，聽者增哀。客賦醉言歸，主稱露未晞。接歡宴於日夜，終愷樂之令儀。

於是暮春之禊，元巳之辰，方軌齊軫，祓于陽瀕。朱帷連網，曜野映雲。男女姣服，駱驛繽紛。致飾程蠱，偠紹便娟。微眺流睇，蛾眉連卷。於是齊僮唱兮列趙女，坐南歌兮起鄭舞，白鶴飛兮繭曳緒。脩袖繚繞而滿庭，羅襪躡蹀而容與。翩縣縣其若絶，眩將墜而復舉。翹遥遷延，蹴躤蹁躚。結九秋之增傷，怨西荆之折盤。彈箏吹笙，更爲新聲。寡婦悲吟，鵾雞哀鳴。坐者悽欷，蕩魂傷精。

於是群士放逐，馳乎沙場。騄驥齊鑣，黄間機張。足逸驚飈，鏃析毫芒。俯貫魴鱮，仰落雙鶬。魚不及竄，鳥不暇翔。爾乃撫輕舟兮浮清池，亂北渚兮揭南涯。汰瀺灂兮船容裔，陽侯澆兮掩鳧鷖。追水豹兮鞭蝄蜽，憚夔龍兮怖蛟螭。

於是日將逮昏，樂者未荒。收驩命駕，分背迴塘。車雷震而風厲，馬鹿超而龍驤。夕暮言歸，其樂難忘。此乃遊觀之好，耳目之娛。未覩其美者，焉足稱舉。

夫南陽者，真所謂漢之舊都者也。遠世則劉后甘厥龍醢，視魯縣而來遷。奉先帝而追孝，立唐祀乎堯山。固靈根於夏葉，終三代而始蕃。非純德之宏圖，孰能揆而處旃！

近則考侯思故，匪居匪寧。穢長沙之無樂，歷江湘而北征。曜朱光於白水，會

九世而飛榮。察茲都之神偉，啓天心而寤靈。

於其宮室，則有園廬舊宅，隆崇崔嵬。御房穆以華麗，連閣煥其相徽。聖皇之所逍遙，靈祇之所保綏。章陵鬱以青蔥，清廟肅以微微。皇祖歆而降福，彌萬祀而無衰。帝王臧其擅美，詠南音以顧懷。且其君子，弘懿明叡，允恭溫良。容止可則，出言有章。進退屈伸，與時抑揚。

方今天地之睢剌，帝亂其政，豺虎肆虐，真人革命之秋也。爾其則有謀臣武將，皆能攫戾執猛，破堅摧剛。排揵陷扃，躛蹈咸陽。高祖階其塗，光武攬其英。是以關門反距，漢德久長。及其去危乘安，視人用遷。周召之儔，據鼎足焉，以庀王職。縉紳之倫，經綸訓典，賦納以言。是以朝無闕政，風烈昭宣也。於是乎鯢齒眉壽鮐背之叟，皤皤然被黃髮者，喟然相與歌曰：『望翠華兮葳蕤，建太常兮裶裶。駟飛龍兮騤騤，振和鑾兮京師。總萬乘兮徘徊，按平路兮來歸。』豈不思天子南巡之辭者哉！遂作頌曰：

皇祖止焉，光武起焉。據彼河洛，統四海焉。本枝百世，位天子焉。永世克孝，懷桑梓焉。真人南巡，覩舊里焉。

## 三都賦序一首　左太沖

蓋詩有六義焉，其二曰賦。楊雄曰：『詩人之賦麗以則。』班固曰：『賦者，古詩之流也。』先王采焉，以觀土風。見『綠竹猗猗』，則知衛地淇澳之產；見『在其版屋』，則知秦野西戎之宅。故能居然而辨八方。然相如賦《上林》而引『盧橘夏熟』，楊雄賦《甘泉》而陳『玉樹青蔥』，班固賦《西都》而歎以出比目，張衡賦《西京》而述以游海若。假稱珍怪，以爲潤色，若斯之類，匪啻于茲。考之果木，則生非其壤；校之神物，則出非其所。於辭則易爲藻飾，於義則虛而無徵。且夫玉卮無當，雖寶非用；侈言無驗，雖麗非經。而論者莫不詆訐其研精，作者大氐舉爲憲章。積習生常，有自來矣。

余既思摹《二京》而賦《三都》，其山川城邑，則稽之地圖，其鳥獸草木，則驗之方志。風謠歌舞，各附其俗；魁梧長者，莫非其舊。何則？發言爲詩者，詠其所志也；升高能賦者，頌其所見也。美物者貴依其本，贊事者宜本其實。匪本匪實，覽

[illegible]

昭明文選

[illegible]

## 三都賦序 一首

左太沖

蓋詩有六義焉，其二曰賦。揚雄曰：詩人之賦麗以則。班固曰：賦者，古詩之流也。先王采焉，以觀土風。見綠竹猗猗，則知衛地淇澳之產；見在其版屋，則知秦野西戎之宅。故能居然而辨八方。然相如賦《上林》而引盧橘夏熟，揚雄賦《甘泉》而陳玉樹青葱，班固賦《西都》而歎以出比目，張衡賦《西京》而述以遊海若。假稱珍怪，以為潤色，若斯之類，匪啻於茲。考之果木，則生非其壤；校之神物，則出非其所。於辭則易為藻飾，於義則虛而無徵。且夫玉卮無當，雖寶非用；侈言無驗，雖麗非經。而論者莫不詆訐其研精，作者大氐舉為憲章。積習生常，有自來矣。

余既思摹《二京》而賦《三都》，其山川城邑則稽之地圖，其鳥獸草木則驗之方志。風謠歌舞，各附其俗；魁梧長者，莫非其舊。何則？發言為詩者，詠其所志也；升高能賦者，頌其所見也；美物者貴依其本，讚事者宜本其實。匪本匪實，覽者奚信？

者奚信。且夫任土作貢，《虞書》所著；辯物居方，《周易》所慎。聊舉其一隅，攝其體統，歸諸詁訓焉。

## 蜀都賦一首

有西蜀公子者，言於東吴王孫，曰：『蓋聞天以日月爲綱，地以四海爲紀。九土星分，萬國錯跱。崤函有帝皇之宅，河洛爲王者之里。吾子豈亦曾聞蜀都之事歟？請爲左右揚搉而陳之。

『夫蜀都者，蓋兆基於上世，開國於中古。廓靈關以爲門，包玉壘而爲宇。帶二江之雙流，抗峨眉之重阻。水陸所湊，兼六合而交會焉；豐蔚所盛，茂八區而菴藹焉。

『於前則跨躡犍牂，枕輢交趾。經途所亘，五千餘里。山阜相屬，含谿懷谷。崗巒糺紛，觸石吐雲。鬱葐蒕以翠微，崛巍巍以峩峩。干青霄而秀出，舒丹氣而爲霞。龍池㵿瀑濆其隈，漏江伏流潰其阿。汩若湯谷之揚濤，沛若濛汜之涌波。於是乎邛竹緣嶺，菌桂臨崖。旁挺龍目，側生荔枝。布緑葉之萋萋，結朱實之離離。迎隆冬而不凋，常曄曄以猗猗。孔翠群翔，犀象競馳。白雉朝雊，猩猩夜啼。金馬騁光而絶景，碧雞儵忽而曜儀。火井沈熒於幽泉，高爓飛煽於天垂。其間則有虎珀丹青，江珠瑕英。金沙銀鑠，符采彪炳，暉麗灼爍。



『於後則却背華容，北指崑崙。緣以劒閣，阻以石門。流漢湯湯，驚浪雷奔。望之天迴，即之雲昏。水物殊品，鱗介異族。或藏蛟螭，或隱碧玉。嘉魚出於丙穴，良木攢於褒谷。其樹則有木蘭梫桂，杞櫹椅桐，椶枒楔樅。楩柟幽藹於谷底，松栢蓊鬱於山峯。擢脩幹，竦長條。扇飛雲，拂輕霄。羲和假道於峻岐，陽烏迴翼乎高標。巢居棲翔，聿兼鄧林。穴宅奇獸，窠宿異禽。熊羆咆其陽，雕鶚鴪其陰。猨狖騰希而競捷，虎豹長嘯而永吟。

『於東則左緜巴中，百濮所充。外負銅梁於宕渠，内函要害於膏腴。其中則有巴菽巴戟，靈壽桃枝。樊以蒩圃，濱以鹽池。蝴蛦山棲，黿龜水處。潛龍蟠於沮澤，應鳴鼓而興雨。丹沙赩熾出其坂，蜜房郁毓被其阜。山圖采而得道，赤斧服而不朽。若乃剛悍生其方，風謡尚其武。奮之則賨旅，翫之則渝舞。銳氣剽於中葉，蹻

容世於樂府。

『於西則右挾岷山，涌瀆發川。陪以白狼，夷歌成章。坰野草昧，林麓黝儵。交讓所植，蹲鴟所伏。百藥灌叢，寒卉冬馥。異類衆夥，于何不育？其中則有青珠黄環，碧砮芒消。或豐綠荑，或蕃丹椒。蘪蕪布濩於中阿，風連莚蔓於蘭皐。紅葩紫飾，柯葉漸苞。敷蕊葳蕤，落英飄飄。神農是嘗，盧跗是料。芳追氣邪，味蠲癘痟。其封域之内，則有原隰墳衍，通望彌博。演以潛沫，浸以緜雒。溝洫脉散，疆里綺錯。黍稷油油，粳稻莫莫。指渠口以爲雲門，灑滮池而爲陸澤。雖星畢之滂沲，尚未齊其膏液。爾乃邑居隱賑，夾江傍山。棟宇相望，桑梓接連。家有鹽泉之井，户有橘柚之園。其園則林檎枇杷，橙柿梬楟。榹桃函列，梅李羅生。百果甲宅，異色同榮。朱櫻春熟，素柰夏成。若乃大火流，涼風厲。白露凝，微霜結。紫梨津潤，樼栗罅發。蒲陶亂潰，若榴競裂。甘至自零，芬芬酷烈。其園則有蒟蒻茱萸，瓜疇芋區。甘蔗辛薑，陽蓲陰敷。日往菲薇，月來扶疎。任土所麗，衆獻而儲。其沃瀛則有攢蔣叢蒲，綠菱紅蓮。雜以蘊藻，糅以蘋蘩。總莖柅柅，裛葉蓁蓁。蕡實時味，王公羞焉。其中則有鴻儔鵠侶，鷐鷺鵜鶘。晨鳧旦至，候鴈銜蘆。木落南翔，冰泮北徂。雲飛水宿，哢吭清渠。其深則有白黿命鼈，玄獺上祭。鱣鮪鱒魴，鮷鱧魦鱨。差鱗次色，錦質報章。躍濤戲瀨，中流相忘。

『於是乎金城石郭，兼匝中區。既麗且崇，實號成都。闢二九之通門，畫方軌之廣塗。營新宫於爽塏，擬承明而起廬。結陽城之延閣，飛觀榭乎雲中。開高軒以臨山，列綺窗而瞰江。内則議殿爵堂，武義虎威。宣化之闥，崇禮之闈。華闕雙邈，重門洞開。金鋪交映，玉題相暉。外則軌躅八達，里閈對出。比屋連甍，千廡萬室。亦有甲第，當衢向術。壇宇顯敞，高門納駟。庭扣鍾磬，堂撫琴瑟。匪葛匪姜，疇能是恤。

『亞以少城，接乎其西。市廛所會，萬商之淵。列隧百重，羅肆巨千。賄貨山積，纖麗星繁。都人士女，袨服靚粧。賈貿墆鬻，舛錯縱横。異物崛詭，奇於八方。布有橦華，麪有桄榔。邛杖傳節於大夏之邑，蒟醬流味於番禺之鄉。輿輦雜沓，冠帶混并。累轂疊跡，叛衍相傾。諠譁鼎沸，則哤聒宇宙；囂塵張天，則埃壒曜靈。闤

闠之裏，伎巧之家。百室離房，機杼相和。貝錦斐成，濯色江波。黃潤比筒，籝金所過。侈侈隆富，卓鄭埒名。公擅山川，貨殖私庭。藏鏹巨萬，鈲摫兼呈。亦以財雄，翕習邊城。三蜀之豪，時來時往。養交都邑，結儔附黨。劇談戲論，扼腕抵掌。出則連騎，歸從百兩。若其舊俗，終冬始春。吉日良辰，置酒高堂，以御嘉賓。金罍中坐，肴槅四陳。觴以清醥，鮮以紫鱗。羽爵執競，絲竹乃發。巴姬彈弦，漢女擊節。起西音於促柱，歌江上之飄厲。紆長袖而屢舞，翩躚躚以裔裔。合樽促席，引滿相罰。樂飲今夕，一醉累月。

『若夫王孫之屬，郤公之倫。從禽于外，巷無居人。並乘驥子，俱服魚文。玄黃異校，結駟繽紛。西逾金隄，東越玉津。朔別期晦，匪日匪旬。蹴蹈蒙籠，涉躐寥廓。鷹犬倏眒，罻羅絡幕。毛群陸離，羽族紛泊。翕響揮霍，中網林薄。屠麖麋，翦旄麈。帶文蛇，跨彫虎。志未騁，時欲晚。追輕翼，赴絕遠。出彭門之闕，馳九折之坂。經三峽之崢嶸，躡五屼之蹇產。戟食鐵之獸，射噬毒之鹿。皛貙氓於葽草，彈言鳥於森木。拔象齒，戾犀角。鳥鎩翮，獸廢足。

『殆而朅來，相與第如滇池，集于江洲。試水客，艬輕舟。娉江斐，與神遊。罨翡翠，釣鰋鮋。下高鵠，出潛虬。吹洞簫，發棹謳。感鱏魚，動陽侯。騰波沸涌，珠貝汜浮。若雲漢含星，而光耀洪流。將饗獠者，張帟幕，會平原。酌清酤，割芳鮮。飲御酣，賓旅旋。車馬雷駭，轟轟闐闐。若風流雨散，漫乎數百里間。斯蓋宅土之所安樂，觀聽之所踊躍也。焉獨三川爲世朝市。

『若乃卓犖奇譎，倜儻罔已。一經神怪，一緯人理。遠則岷山之精，上爲井絡。天帝運期而會昌，景福肸蠁而興作。碧出萇弘之血，鳥生杜宇之魄。妄變化而非常，羌見偉於疇昔。近則江漢炳靈，世載其英。蔚若相如，皭若君平。王褒韡曄而秀發，楊雄含章而挺生。幽思絢道德，摛藻掞天庭。考四海而爲俊，當中葉而擅名。是故游談者以爲譽，造作者以爲程也。至乎臨谷爲塞，因山爲障。峻岨塍埒長城，豁險吞若巨防。一人守隘，萬夫莫向。公孫躍馬而稱帝，劉宗下輦而自王。由此言之，天下孰尚？故雖兼諸夏之富有，猶未若茲都之無量也。』

# 昭明文選卷五

【京都下】

## 吳都賦一首　左太沖

東吳王孫囅然而咍，曰：『夫上圖景宿，辨於天文者也。下料物土，析於地理者也。古先帝代，曾覽八紘之洪緒。一六合而光宅，翔集遐宇。鳥策篆素，玉牒石記。烏聞梁岷有陟方之館、行宮之基歟？而吾子言蜀都之富，禺同之有。瑋其區域，美其林藪。矜巴漢之阻，則以爲襲險之右。徇蹲鴟之沃，則以爲世濟陽九。齷齪而筭，顧亦曲士之所歎也。旁魄而論都，抑非大人之壯觀也。何則？土壤不足以攝生，山川不足以周衛。公孫國之而破，諸葛家之而滅。兹乃喪亂之丘墟，顛覆之軌轍。安可以儷王公而著風烈也？翫其磧礫而不窺玉淵者，未知驪龍之所蟠也。習其弊邑而不覩上邦者，未知英雄之所躔也。

『子獨未聞大吳之巨麗乎？且有吳之開國也，造自太伯，宣於延陵。蓋端委之所彰，高節之所興。建至德以創洪業，世無得而顯稱。由克讓以立風俗，輕脫躧於



千乘。若率土而論都，則非列國之所觖望也。故其經略，上當星紀。拓土畫疆，卓犖兼并。包括干越，跨躡蠻荆。婺女寄其曜，翼軫寓其精。指衡岳以鎮野，目龍川而帶坰。

『爾其山澤，則嵬嶷嶢屼，巊冥鬱岪。潰渱泮汗，滇㴔淼漫。或涌川而開瀆，或吞江而納漢。磈磈䃶䃶，㴲㴲涆涆。磝硂乎數州之間，灌注乎天下之半。百川派別，歸海而會。控清引濁，混濤并瀨。濆薄沸騰，寂寥長邁。濞焉洶洶，隱焉礚礚。出乎大荒之中，行乎東極之外。經扶桑之中林，包湯谷之滂沛。潮波汩起，迴復萬里。歊霧漨浡，雲蒸昏昧。泓澄奫潫，澒溶沆瀁。莫測其深，莫究其廣。澶湉漠而無涯，惣有流而爲長。瓌異之所叢育，鱗甲之所集往。

『於是乎長鯨吞航，修鯢吐浪。躍龍騰蛇，鮫鯔琵琶。王鮪鯸鮐，鮣龜鱕鯌。烏賊擁劍，鼅鼊鯖鰐。涵泳乎其中。葺鱗鏤甲，詭類舛錯。泝洄順流，噞喁沈浮。鳥則鶤雞鸀鳿，鸘鵠鷺鴻。鶢鶋避風，候鴈造江。鸂鶒鷛鶏，鶄鶴鶖鶬。鸛鷗鷁鸕，氾濫

乎其上。湛淡羽儀，隨波參差。理翮整翰，容與自翫。彫啄蔓藻，刷盪漪瀾。魚鳥聱耴，萬物蠢生。芒芒黖黖，慌罔奄欻。神化翕忽，函幽育明。窮性極形，盈虛自然。蚌蛤珠胎，與月虧全。巨鼇贔屓，首冠靈山。大鵬繽翻，翼若垂天。振盪汪流，雷抃重淵。殷動宇宙，胡可勝原！

『島嶼緜邈，洲渚馮隆。曠瞻迢遞，迥眺冥蒙。珍怪麗，奇隙充。徑路絕，風雲通。洪桃屈盤，丹桂灌叢。瓊枝抗莖而敷蕊，珊瑚幽茂而玲瓏。增岡重阻，列真之宇。玉堂對霤，石室相距。藹藹翠幄，嫋嫋素女。江斐於是往來，海童於是宴語。斯實神妙之響象，羌難得而覼縷！

『爾乃地勢坱圠，卉木䭯蔓。遭藪爲圃，值林爲苑。異荂蓲蘛，夏曄冬蒨。方志所辨，中州所羨。草則藿蒳豆蔻，薑彙非一。江蘺之屬，海苔之類。綸組紫絳，食葛香茅。石帆水松，東風扶留。布濩皋澤，蟬聯陵丘。夤緣山嶽之岊，羃歷江海之流。扤白蒂，銜朱蕤。鬱兮茷茂，曄兮菲菲。光色炫晃，芬馥肸蠁。職貢納其包匭，《離騷》詠其宿莽。木則楓柙櫲樟，栟櫚枸根。緜杬杶櫨，文欀楨橿。平仲桾櫏，松梓古度。楠榴之木，相思之樹。宗生高岡，族茂幽阜。擢本千尋，垂蔭萬畝。攢柯挐莖，重葩殗葉。輪囷虯蟠，揷擺鱗接。榮色雜糅，綢繆縟繡。宵露霮䨴，旭日晻晫。與風飄颻，颮瀏颼飀。鳴條律暢，飛音響亮。蓋象琴筑并奏，笙竽俱唱。其上則猨父哀吟，貚子長嘯。狖鼯猓然，騰趠飛超。爭接縣垂，競游遠枝。驚透沸亂，牢落翬散。其下則有梟羊麡狼，猰貐貙象。烏菟之族，犀兕之黨。鉤爪鋸牙，自成鋒穎。精若燿星，聲若雲霆。名載於山經，形鏤於夏鼎。

『其竹則篔簹箖箊，桂箭射筒。柚梧有篁，篻簩有叢。苞筍抽節，往往縈結。綠葉翠莖，冒霜停雪。橚矗森萃，蓊茸蕭瑟。檀欒蟬蜎，玉潤碧鮮。梢雲無以逾，嶰谷弗能連。鸑鷟食其實，鵷雛擾其間。其果則丹橘餘甘，荔枝之林。檳榔無柯，椰葉無陰。龍眼橄欖，棎榴禦霜。結根比景之陰，列挺衡山之陽。素華斐，丹秀芳。臨青壁，系紫房。鷓鴣南翥而中留，孔雀綷羽以翱翔。山雞歸飛而來棲，翡翠列巢以重行。其琛賂則琨瑤之阜，銅鍇之垠。火齊之寶，駭雞之珍。赬丹明璣，金華銀樸。紫貝流黃，縹碧素玉。隱賑崴裹，雜插幽屏。精曜潛穎，硩陊山谷。碕岸爲之不枯，

林木爲之潤黷。隋侯於是鄙其夜光，宋王於是陋其結緑。

『其荒陬譎詭，則有龍穴内蒸，雲雨所儲。陵鯉若獸，浮石若桴。雙則比目，片則王餘。窮陸飲木，極沈水居。泉室潛織而卷綃，淵客慷慨而泣珠。開北户以向日，齊南冥於幽都。其四野，則畛畷無數，膏腴兼倍。原隰殊品，窊隆異等。象耕鳥耘，此之自與。穱秀菰穗，於是乎在。煮海爲鹽，採山鑄錢。國税再熟之稻，鄉貢八蠶之緜。

『徒觀其郊隧之内奥，都邑之綱紀。霸王之所根柢，開國之所基趾。郛郭周匝，重城結隅。通門二八，水道陸衢。所以經始，用累千祀也。憲紫宫以營室，廓廣庭之漫漫。寒暑隔閡於邃宇，虹蜺回帶於雲館。所以跨跱煥炳萬里也。造姑蘇之高臺，臨四遠而特建，帶朝夕之濬池，佩長洲之茂苑。窺東山之府，則瓌寶溢目；覿海陵之倉，則紅粟流衍。起寢廟於武昌，作離宫於建業。闡闔閭之所營，采夫差之遺法。抗神龍之華殿，施榮楯而捷獵。崇臨海之崔巍，飾赤烏之韡曄。東西膠葛，南北峥嶸。房櫳對櫎，連閣相經。閽闥譎詭，異出奇名。左稱彎碕，右號臨硎。彫欒鏤楶，青瑣丹楹。圖以雲氣，畫以仙靈。雖兹宅之夸麗，曾未足以少寧。思比屋



於傾宫，畢結瑶而構瓊。高闈有閌，洞門方軌。朱闕雙立，馳道如砥。樹以青槐，亘以緑水。玄蔭眈眈，清流亹亹。列寺七里，俠棟陽路。屯營櫛比，解署棋布。横塘查下，邑屋隆夸。長干延屬，飛甍舛互。

『其居則高門鼎貴，魁岸豪傑。虞魏之昆，顧陸之裔。岐嶷繼體，老成奕世。躍馬疊跡，朱輪累轍。陳兵而歸，蘭錡内設。冠蓋雲蔭，閭閻闐噎。其鄰則有任俠之靡，輕訬之客。締交翩翩，儐從奕奕。出躡珠履，動以千百。里讌巷飲，飛觴擧白。翹關扛鼎，拚射壺博。鄱陽暴謔，中酒而作。

『於是樂只衎而歡飫無匱，都輦殷而四奥來暨。水浮陸行，方舟結駟。唱櫂轉轂，昧旦永日。開市朝而並納，横闤闠而流溢。混品物而同廛，并都鄙而爲一。士女佇眙，商賈駢坒。紵衣絺服，雜沓從萃。輕輿按轡以經隧，樓船舉颿而過肆。果布輻湊而常然，致遠流離與珂珹。䌙賄紛紜，器用萬端。金鎰磊砢，珠琲闌干。桃笙象簟，韜於筒中；蕉葛升越，弱於羅紈。儸譶槩㺜，交貿相競。諠譁喤呷，芬葩蔭

映。揮袖風飄而紅塵晝昏，流汗霡霂而中逵泥濘。

『富中之甿，貨殖之選。乘時射利，財豐巨萬。競其區宇，則并疆兼巷；矜其宴居，則珠服玉饌。趫材悍壯，此焉比廬。捷若慶忌，勇若專諸。危冠而出，竦劒而趨。扈帶鮫函，扶揄屬鏤。藏鏹於人，去戚自閭。家有鶴膝，户有犀渠。軍容蓄用，器械兼儲。吳鉤越棘，純鈞湛盧。戎車盈於石城，戈船掩乎江湖。

『露往霜來，日月其除。草木節解，鳥獸腯膚。觀鷹隼，誡征夫。坐組甲，建祀姑。命官帥而擁鐸，將校獵乎具區。烏滸狼𥐰，夫南西屠。儋耳黑齒之酋，金鄰象郡之渠。驫駥飍矞，靸霅警捷，先驅前塗。俞騎騁路，指南司方。出車檻檻，被練鏘鏘。吳王乃巾玉輅，軺驌驦。旂魚須，常重光。攝烏號，佩干將。羽旄揚蕤，雄戟耀芒。貝胄象弭，織文鳥章。六軍袀服，四騏龍驤。峭格周施，罿罻普張。罼罕瑣結，罠蹏連綱。陁以九疑，禦以沅湘。輶軒蓼擾，彀騎煒煌。袒裼徒搏，拔距投石之部。猨臂骿脅，狂趭獷猤。鷹瞵鶚視，趁䞣翋䍡。若離若合者，相與騰躍乎莽罠之野。干鹵殳鋋，暘夷勃盧之旅。長殺短兵，直髮馳騁。儇佻坌並，銜枚無聲。悠悠旆旌者，相與聊浪乎昧莫之垧。鉦鼓疊山，火烈熛林。飛爓浮煙，載霞載陰。莅攦雷硠，崩巒弛岑。鳥不擇木，獸不擇音。虣甝虪，縜麖麠。驀六駮，追飛生。彈鸞鵄，射猱挺。白雉落，黑鴆零。陵絕嶛嶕，聿越巉險。跐踰竹栢，獮猭杞柟。封狶䝚，神螭掩。剛鏃潤，霜刃染。

『於是弭節頓轡，齊鑣駐蹕。徘徊倘佯，寓目幽蔚。覽將帥之拳勇，與士卒之抑揚。羽族以觜距爲刀鈹，毛群以齒角爲矛鋏，皆體著而應卒。所以挂扢而爲創痏，衝踤而斷筋骨。莫不衂鋭挫芒，拉捭摧藏。雖有石林之岝崿，請攘臂而靡之；雖有雄虺之九首，將抗足而跐之。顛覆巢居，剖破窟宅。仰攀鵕鸃，俯蹴豺獏。刦剞熊羆之室，剽掠虎豹之落。猩猩啼而就禽，𤠯𤠯笑而被格。屠巴蛇，出象骼。斬鵬翼，掩廣澤。輕禽狡獸，周章夷猶。狼跋乎紭中，忘其所以睒睗，失其所以去就。魂褫氣懾而自踢跌者，應弦飲羽形僨景僵者，累積而增益，雜襲錯繆。傾藪薄，倒岬岫。巖穴無豜豵，翳薈無麢鷚。思假道於豐隆，披重霄而高狩。籠烏兔於日月，窮飛走之栖宿。

『嶰澗闃，岡岵童。罾罘滿，效獲衆。迴靶乎行邪，睨觀魚乎三江。汎舟航於彭蠡，渾萬艘而既同。弘舸連舳，巨檻接艫。飛雲蓋海，制非常模。疊華樓而島時，時髣髴於方壺。比鷁首而有裕，邁餘皇於往初。張組幃，構流蘇。開軒幌，鏡水區。槁工楫師，選自閩禺。習御長風，狎玩靈胥。責千里於寸陰，聊先期而須臾。櫂謳唱，簫籟鳴。洪流響，渚禽驚。弋磻放，稽鷦鴫。虞機發，留鵁鶄。鉤餌縱橫，網罟接緒。術兼詹公，巧傾任父。筌鮔鰽，鱺鱨魦。罩兩魪，罺鰝蝦。乘鱟黿鼉，同罛共羅。沈虎潛鹿，馽䶬僒束。徽鯨輩中於群犗，攙搶暴出而相屬。雖復臨河而釣鯉，無異射鮒於井谷。

『結輕舟而競逐，迎潮水而振緡。想萍實之復形，訪靈夒於鮫人。精衛銜石而遇繳，文鰩夜飛而觸綸。北山亡其翔翼，西海失其遊鱗。雕題之士，鏤身之卒。比飾虬龍，蛟螭與對。簡其華質，則亂費錦繢。料其虓勇，則雕悍狼戾。相與昧潛險，搜瓌奇。摸蝳蝐，扪觜蠵。剖巨蚌於回淵，濯明月於漣漪。

『畢天下之至異，訖無索而不臻。谿壑爲之一罄，川瀆爲之中貧。哂澹臺之見謀，聊襲海而徇珍。載漢女於後舟，追晉賈而同塵。汨乘流以砰宕，翼颸風之颲颲。直衝濤而上瀨，常沛沛以悠悠。汔可休而凱歸，揖天吳與陽侯。指包山而爲期，集洞庭而淹留。數軍實乎桂林之苑，饗戎旅乎落星之樓。置酒若淮泗，積肴若山丘。飛輕軒而酌綠酃，方雙轡而賦珍羞。飲烽起，釂鼓震。士遺倦，衆懷欣。幸乎館娃之宮，張女樂而娛群臣。羅金石與絲竹，若鈞天之下陳。登東歌，操南音。胤陽阿，詠韎任。荊豔楚舞，吳愉越吟。翕習容裔，靡靡愔愔。

『若此者，與夫唱和之隆響，動鍾鼓之鏗耾。有殷坻頹於前，曲度難勝。皆與謠俗汁協，律呂相應。其奏樂也，則木石潤色；其吐哀也，則淒風暴興。或超延露而駕辯，或踰綠水而采菱。軍馬弭髦而仰秣，淵魚竦鱗而上升。酣湑半，八音并。歡情留，良辰征。魯陽揮戈而高麾，迴曜靈於太清。將轉西日而再中，齊既往之精誠。

『昔者夏后氏朝群臣於茲土，而執玉帛者以萬國。蓋亦先生之所高會，而四方之所軌則。春秋之際，要盟之主。闔閭信其威，夫差窮其武。內果伍員之謀，外騁孫子之奇。勝彊楚於柏舉，棲勁越於會稽。闕溝乎商魯，爭長於黃池。徒以江湖嶮

陂，物産殷充。繞霤未足言其固，鄭白未足語其豐。士有陷堅之鋭，俗有節概之風。睚眥則挺劍，喑嗚則彎弓。擁之者龍騰，據之者虎視。麾城若振槁，搴旗若顧指。雖帶甲一朝，而元功遠致。雖累葉百疊，而富彊相繼。樂湑衎其方域，列仙集其土地。桂父練形而易色，赤須蟬蜕而附麗。中夏比焉，畢世而罕見，丹青圖其珍瑋，貴其寶利也。舜禹游焉，沒齒而忘歸，精靈留其山阿，玩其奇麗也。剖判庶士，商搉萬俗。國有鬱鞅而顯敞，邦有湫阨而踡跼。伊兹都之函弘，傾神州而韞櫝。仰南斗以斟酌，兼二儀之優渥。

『繇此而揆之，西蜀之於東吴，小大之相絶也，亦猶棘林螢燿，而與夫尋木龍燭也。否泰之相背也，亦猶帝之懸解，而與夫桎梏疏屬也。庸可共世而論巨細，同年而議豐確乎？暨其幽遐獨邃，寥廓閑奥。耳目之所不該，足趾之所不蹈。倜儻之極異，謳詭之殊事，藏理於終古，而未寤於前覺也。若吾子之所傳，孟浪之遺言，略舉其梗概，而未得其要妙也。』

# 昭明文選卷六

【京都下】

## 魏都賦一首

左太沖

魏國先生有睟其容，乃盱衡而誥曰：『异乎交益之士，蓋音有楚夏者，土風之乖也；情有險易者，習俗之殊也。雖則生常，固非自得之謂也。昔市南宜僚弄丸，而兩家之難解。聊爲吾子復翫德音，以釋二客競于辯囿者也。

『夫泰極剖判，造化權輿。體兼晝夜，理包清濁。流而爲江海，結而爲山嶽。列宿分其野，荒裔帶其隅。巖岡潭淵，限蠻隔夷，峻危之竅也。蠻陬夷落，譯導而通，鳥獸之氓也。正位居體者，以中夏爲喉，不以邊垂爲衿也。長世字甿者，以道德爲藩，不以襲險爲屏也。而子大夫之賢者，尚弗曾庶翼等威，附麗皇極，思稟正朔，樂率貢職。而徒務於詭隨匪人，宴安於絶域。榮其文身，驕其險棘。繆默語之常倫，牽膠言而踰侈。飾華離以矜然，假倔彊而攘臂。非醇粹之方壯，謀踳駮於王義。孰愈尋靡蓱於中逵，造沐猴於棘刺。劒閣雖嶚，憑之者蹶，非所以深根固蔕也。洞庭



雖濬，負之者北，非所以愛人治國也。彼桑榆之末光，踰長庚之初輝。況河冀之爽塏，與江介之湫湄。故將語子以神州之略，赤縣之畿。魏都之卓犖，六合之樞機。

『于時運距陽九，漢網絶維。奸回内贔，兵纏紫微。翼翼京室，眈眈帝宇，巢焚原燎，變爲煨燼，故荆棘旅庭也。殷殷寰内，繩繩八區，鋒鏑縱横，化爲戰場，故麋鹿寓城也。伊洛榛曠，崤函荒蕪。臨菑牢落，鄢郢丘墟。而是有魏開國之日，締構之初。萬邑譬焉，亦獨犨麋之與子都，培塿之與方壺也。

『且魏地者，畢昴之所應，虞夏之餘人。先王之桑梓，列聖之遺塵。考之四隈，則八埏之中；測之寒暑，則霜露所均。卜偃前識而賞其隆，吴札聽歌而美其風。雖則衰世，而盛德形於管弦；雖踰千祀，而懷舊藴於遐年。爾其疆域，則旁極齊秦，結湊冀道。開胸殷衛，跨躡燕趙。山林幽峡，川澤迴繚。恒碣碪碍於青霄，河汾浩汗而皓溔。南瞻淇澳，則緑竹純茂；北臨漳滏，則冬夏異沼。神鉦迢遞於高巒，靈響時驚於四表。温泉毖涌而自浪，華清蕩邪而難老。墨井鹽池，玄滋素液。厥田惟中，

厥壤惟白。原隰畇畇，墳衍斥斥。或嵬壘而複陸，或黋朗而拓落。乾坤交泰而絪縕，嘉祥徽顯而豫作。是以兆朕振古，萌柢疇昔。藏氣讖緯，閟象竹帛。迥時世而淵默，應期運而光赫。暨聖武之龍飛，肇受命而光宅。

『爰初自臻，言占其良。謀龜謀筮，亦既允臧。修其郛郭，繕其城隍。經始之制，牢籠百王。畫雍豫之居，寫八都之宇。鑒茅茨於陶唐，察卑宮於夏禹。古公草創，而高門有閌；宣王中興，而築室百堵。兼聖哲之軌，并文質之狀。商豐約而折中，准當年而爲量。思重爻，摹《大壯》。覽荀卿，采蕭相。僝拱木於林衡，授全模於梓匠。遐邇悅豫而子來，工徒擬議而騁巧。闡鉤繩之筌緒，承二分之正要。揆日晷，考星耀。建社稷，作清廟。築曾宮以迴匝，比岡隒而無陂。造文昌之廣殿，極棟宇之弘規。對若崇山崫起以崔嵬，髣若玄雲舒蜺以高垂。瓌材巨世，插㙴參差。枌橑複結，欒櫨疊施。丹梁虹申以並亙，朱桷森布而支離。綺井列疏以懸蔕，華蓮重葩而倒披。齊龍首而涌霤，時梗概於滮池。旅楹閑列，暉鑒抰振。榱題黮䨴，階楯嶙峋。長庭砥平，鍾簴夾陳。風無纖埃，雨無微津。巖巖北闕，南端逌遵。竦峭雙碣，



方駕比輪。西闢延秋，東啓長春。用覲群后，觀享頤賓。

『左則中朝有赩，聽政作寢。匪樸匪斲，去泰去甚。木無彫鎪，土無綈錦。玄化所甄，《國風》所稟。於前則宣明顯陽，順德崇禮。重闈洞出，鏘鏘濟濟。珍樹猗猗，奇卉萋萋。蕙風如薰，甘露如醴。禁臺省中，連闥對廊。直事所繇，典刑所藏。藹藹列侍，金蜩齊光。詰朝陪幄，納言有章。亞以柱後，執法內侍。符節謁者，典璽儲吏。膳夫有官，藥劑有司。肴醳順時，腠理則治。於後則椒鶴文石，永巷壼術。楸梓木蘭，次舍甲乙。西南其户，成之匪日。丹青焕炳，特有温室。儀形宇宙，歷像賢聖。圖以百瑞，綷以藻詠。芒芒終古，此焉則鏡。有虞作繪，茲亦等競。

『右則疏圃曲池，下畹高堂。蘭渚莓莓，石瀨湯湯。弱葼係實，輕葉振芳。奔龜躍魚，有瞭呂梁。馳道周屈於果下，延閣胤宇以經營。飛陛方輦而徑西，三臺列峙以崢嶸。亢陽臺於陰基，擬華山之削成。上累棟而重霤，下冰室而沍冥。周軒中天，丹墀臨焱。增構峩峩，清塵彯彯。雲雀踶甍而矯首，壯翼摛鏤於青霄。雷雨窈冥而未半，皦日籠光於綺寮。習步頓以升降，御春服而逍遥。八極可圍於寸眸，萬物可

齊於一朝。長塗牟首，豪徼互經。晷漏肅唱，明宵有程。附以蘭錡，宿以禁兵。司衛閑邪，鉤陳罔驚。於是崇墉濬洫，嬰堞帶涘。四門轔轔，隆厦重起。憑太清以混成，越埃壒而資始。藐藐標危，亭亭峻趾。臨焦原而不怳，誰勁捷而无懼？與岡岑而永固，非有期乎世祀。陽靈停曜於其表，陰祇濛霧於其裏。菀以玄武，陪以幽林。繚垣開囿，觀宇相臨。碩果灌叢，圍木竦尋。篁篠懷風，蒲陶結陰。回淵灌，積水深。蒹葭贙，藋蒻森。丹藕凌波而的皪，綠芰泛濤而浸潭。羽翮頡頏，鱗介浮沈。栖者擇木，雊者擇音。若咆渤澥與姑餘，常鳴鶴而在陰。表清籞，勒虞箴。思國恤，忘從禽。樵蘇往而無忌，即鹿縱而匪禁。腜腜坰野，奕奕菑畝。甘荼伊蠢，芒種斯阜。西門溉其前，史起灌其後。墱流十二，同源異口。畜爲屯雲，泄爲行雨。水澍粳稌，陸蒔稷黍。黝黝桑柘，油油麻紵。均田畫疇，蕃廬錯列。薑芋充茂，桃李蔭翳。家安其所，而服美自悅。邑屋相望，而隔踰奕世。

『內則街衝輻輳，朱闕結隅。石杠飛梁，出控漳渠。疏通溝以濱路，羅青槐以蔭塗。比滄浪而可濯，方步櫚而有踰。習習冠蓋，莘莘蒸徒。斑白不提，行旅讓衢。設官分職，營處署居。夾之以府寺，班之以里閭。其府寺則位副三事，官踰六卿。奉常之號，大理之名。厦屋一揆，華屏齊榮。肅肅階闢，重門再扃。師尹爰止，毗代作楨。其閭閻則長壽吉陽，永平思忠。亦有戚里，寘宮之東。閈出長者，巷苞諸公。都護之堂，殿居綺窗。輿騎朝猥，蹀敝其中。營客館以周坊，飭賓侶之所集。瑋豐樓之閈閎，起建安而首立。葺牆冪室，房廡雜襲。剞劂罔掇，匠斲積習。廣成之傳無以疇，槀街之邸不能及。廓三市而開廛，籍平逵而九達。班列肆以兼羅，設闤闠以襟帶。濟有無之常偏，距日中而畢會。抗旗亭之嶢嶭，侈所覜之博大。百隧轂擊，連軫萬貫，憑軾捶馬，袖幕紛半。壹八方而混同，極風采之異觀。質劑平而交易，刀布貿而無筭。財以工化，賄以商通。難得之貨，此則弗容。器周用而長務，物背窳而就攻。不鬻邪而豫賈，著馴風之醇醲。白藏之藏，富有無隄。同賑大內，控引世資，賨幏積墆，琛幣充牣。關石之所和鈞，財賦之所底慎。燕弧盈庫而委勁，冀馬填廐而駔駿。

『至乎勍敵糾紛，庶土罔寧。聖武興言，將曜威靈。介冑重襲，旍旗躍莖。弓珧

解棨，矛鋋飄英。三屬之甲，縵胡之纓。控弦簡發，妙擬更嬴。齊被練而銛戈，襲偏裻以讃列。畢出征而中律，執奇正以四伐。碩畫精通，目無匪制。推鋒積紀，鋭氣彌鋭。三接三捷，既晝亦月。剋翦方命，吞滅咆烋。雲撤叛換，席卷虔劉。祲威八紘，荒阻率由。洗兵海島，刷馬江洲。振旅輷輷，反旆悠悠。凱歸同飲，疏爵普疇。朝無刓印，國無費留。

『喪亂既弭而能宴，武人歸獸而去戰。蕭斧戢柯以柙刃，虹旍攝麾以就卷。斟《洪範》，酌典憲。覲所恒，通其變。上垂拱而司契，下緣督而自勸。道來斯貴，利往則賤。囹圄寂寥，京庾流衍。於時東鯷即序，西傾順軌。荆南懷憓，朔北思韙。緜緜迥塗，驟山驟水。襁負賮贄，重譯貢篚。髽首之豪，鐻耳之傑。服其荒服，斂衽魏闕。置酒文昌，高張宿設。其夜未遽，庭燎晢晢。有客祁祁，載華載裔。岌岌冠縱，纍纍辮髮。清酤如濟，濁醪如河。凍醴流澌，温酎躍波。豐肴衍衍，行庖皤皤。愔愔醧讌，酣湑無譁。延廣樂，奏九成。冠韶夏，冒六莖。僣響起，疑震霆。天宇駭，地廬驚。億若大帝之所興作，二嬴之所曾聆。金石絲竹之恒韻，匏土革木之常調。干戚羽旄之飾好，清謳微吟之要妙。世業之所日用，耳目之所聞覺。雜糅紛錯，兼該泛博。鞮鞻所掌之音，韎昧任禁之曲。以娛四夷之君，以睦八荒之俗。

『既苗既狩，爰遊爰豫。藉田以禮動，大閲以義舉。備法駕，理秋御。顯文武之壯觀，邁梁騶之所著。林不槎枿，澤不伐夭。斧斨以時，罾罔以道。德連木理，仁挺芝草。皓獸爲之育藪，丹魚爲之生沼。矞雲翔龍，澤馬亍阜。山圖其石，川形其寶。莫黑匪烏，三趾而來儀。莫赤匪狐，九尾而自擾。嘉穎離合以蕁蕁，醴泉涌流而浩浩。顯禎祥以曲成，固觸物而兼造。蓋亦明靈之所酬酢，休徵之所偉兆。

『旼旼率土，遷善罔匱。沐浴福應，宅心醰粹。餘糧栖畝而弗收，頌聲載路而洋溢。河洛開奥，符命用出。翩翩黄鳥，銜書來訊。人謀所尊，鬼謀所秩。劉宗委馭，巽其神器。闚玉策於金縢，案圖籙於石室。考曆數之所在，察五德之所莅。量寸旬，涓吉日。陟中壇，即帝位。改正朔，易服色。繼絶世，脩廢職。徽幟以變，器械以革。顯仁翌明，藏用玄默。非言厚行，陶化染學。讎校篆籒，篇章畢觀。優賢著於揚歷，匪孽形於親戚。本枝別幹，蕃屏皇家。勇若任城，才若東阿。抗旍則威噞秋霜，摛

翰則華縱春葩。英喆雄豪，佐命帝室。相兼二八，將猛四七。赫赫震震，開務有謐。故令斯民覩泰階之平，可比屋而爲一。

『筭祀有紀，天祿有終。傳業禪祚，高謝萬邦。皇恩綽矣，帝德沖矣。讓其天下，臣至公矣。榮操行之獨得，超百王之庸庸。追亘卷領與結繩，睠留重華而比蹤。尊盧赫胥，羲農有熊。雖自以爲道，洪化以爲隆。世篤玄同，奚遽不能與之踵武而齊其風？是故料其建國，析其法度。諮其考室，議其舉厝。復之而無斁，申之而有裕。非疏糲之士所能精，非鄙俚之言所能具。

『至於山川之倬詭，物產之魁殊。或名奇而見稱，或實異而可書。生生之所常厚，洵美之所不渝。其中則有鴛鴦交谷，虎澗龍山。掘鯉之淀，蓋節之淵。⿰犭氐⿰犭氐嬛嬛精衛，銜木償怨。常山平干，鉅鹿河間。列真非一，往往出焉。昌容練色，犢配眉連。玄俗無影，木羽偶仙。琴高沈水而不濡，時乘赤鯉而周旋。師門使火以驗術，故將去而林燔。易陽壯容，衛之稚質。邯鄲躧步，趙之鳴瑟。真定之梨，故安之栗。醇酎中山，流湎千日。淇洹之筍，信都之棗。雍丘之粱，清流之稻。錦繡襄邑，羅綺朝



歌。緜纊房子，縑緫清河。若此之屬，繁富夥夠。非可單究，是以抑而未罄也。蓋比物以錯辭，述清都之閑麗。雖選言以簡章，徒九復而遺旨。覽《大易》與《春秋》，判殊隱而一致。末上林之隤牆，本前脩以作系。

『其軍容弗犯，信其果毅。糾華綏戎，以戴公室。元勳配管敬之績，歌鍾析邦君之肆。則魏絳之賢，有令聞也。閑居隘巷，室邇心遐。富仁寵義，職競弗羅。千乘爲之軾廬，諸侯爲之止戈。則干木之德自解紛也。貴非吾尊，重士踰山。親御監門，嗛嗛同軒。搦秦起趙。威振八蕃。則信陵之名，若蘭芬也。英辯榮枯，能濟其厄。位加將相，窒隙之策。四海齊鋒，一口所敵，張儀、張祿亦足云也。

『搉惟庸蜀與鴝鵲同窠，句吳與鼃黽同穴。一自以爲禽鳥，一自以爲魚鱉。山阜猥積而踦嶇，泉流迸集而咉咽。隰壤瀸漏而沮洳，林藪石留而蕪穢。窮岫泄雲，日月恒翳。宅土熇暑，封疆障癘。蔡莽螫刺，昆蟲毒噬。漢罪流禦，秦餘徙帑。宵貌蕞陋，稟質遳脆。巷無杼首，里罕耆耋。或魋髻而左言，或鏤膚而鑽髮。或明發而嬥歌，或浮泳而卒歲。風俗以韰果爲嬉，人物以戕害爲藝。威儀所不攝，憲章所

不綴。由重山之束阨，因長川之裾勢。距遠關以闚閤，時高櫟而陛制。薄戍縣冪，無異蛛螯之網；弱卒瑣甲，無異螳螂之衛。

『與先世而常然，雖信險而剿絶。揆既往之前跡，即將來之後轍。成都迄已傾覆，建鄴則亦顛沛。顧非累卵於疊棋，焉至觀形而懷怛！權假日以餘榮，比朝華而菴藹。覽麥秀與黍離，可作謠於吴會。』

先生之言未卒，吴蜀二客，矆焉相顧，䁯焉失所。有靦瞢容，神惢形茹。弛氣離坐，㥠墨而謝。曰：『僕黨清狂，怵迫閩濮。習蓼蟲之忘辛，翫進退之惟谷。非常寐而無覺，不覩皇輿之軌躅。過以仉剽之單慧，歷執古之醇聽。兼重悂以貤繆，偭辰光而罔定。先生玄識，深頌靡測。得聞上德之至盛，匪同憂於有聖。抑若春霆發響，而驚蟄飛競。潛龍浮景，而幽泉高鏡。雖星有風雨之好，人有異同之性。庶覬蓽家與剝廬，非蘇世而居正。且夫寒谷豐黍，吹律暖之也。昬情爽曙，箴規顯之也。雖明珠兼寸，尺璧有盈。曜車二六，三傾五城，未若申錫典章之爲遠也。』亮曰：『日不雙麗，世不兩帝。天經地緯，理有大歸。安得齊給，守其小辯也哉！』

# 昭明文選卷七

【郊祀】

## 甘泉賦一首 并序

楊子雲

孝成帝時，客有薦雄文似相如者，上方郊祀甘泉、泰畤、汾陰、后土，以求繼嗣，召雄待詔承明之庭。正月，從上甘泉還，奏《甘泉賦》以風。其辭曰：

惟漢十世，將郊上玄，定泰畤，雍神休，尊明號，同符三皇，録功五帝，恤胤錫羡，拓跡開統。於是乃命群僚，歷吉日，協靈辰，星陳而天行。詔招摇與太陰兮，伏鉤陳使當兵。屬堪輿以壁壘兮，捎夔魖而抶獝狂。八神奔而警蹕兮，振殷轔而軍裝。蚩尤之倫，帶干將而秉玉戚兮，飛蒙茸而走陸梁。齊總總以撙撙，其相膠轕兮，猋駭雲迅，奮以方攘。駢羅列布，鱗以雜沓兮，柴虒參差，魚頡而鳥䀮。翕赫曶霍，霧集而蒙合兮，半散昭爛，粲以成章。

於是乘輿，乃登夫鳳皇兮而翳華芝，駟蒼螭兮六素虯，蠖略蕤綏，灕虖襂纚。帥爾陰閉，霅然陽開，騰清霄而軼浮景兮，夫何旟旐郅偈之旖旎也！流星旄以電爥兮，咸翠蓋而鸞旗。敦萬騎於中營兮，方玉車之千乘。聲駍隱以陸離兮，輕先疾雷而馺遺風。淩高衍之崼嵸兮，超紆譎之清澄。登椽欒而羾天門兮，馳閶闔而入淩兢。

是時未轃夫甘泉也，乃望通天之繹繹。下陰潛以慘廪兮，上洪紛而相錯。直嶢嶢以造天兮，厥高慶而不可乎彌度。平原唐其壇曼兮，列新雉於林薄。攢并閭與茇葀兮，紛被麗其亡鄂。崇丘陵之駊騀兮，深溝嶔巖而爲谷。迬迬離宮般以相灟兮，封巒石關施靡乎延屬。

於是大厦雲譎波詭，摧嗺而成觀。仰撟首以高視兮，目冥眴而亡見。正瀏濫以弘惝兮，指東西之漫漫。徒徊徊以徨徨兮，魂眇眇而昏亂。據軨軒而周流兮，忽坱圠而亡垠。翠玉樹之青葱兮，璧馬犀之瞵㻞。金人仡仡其承鍾虡兮，嵌巖巖其龍鱗。揚光曜之燎爥兮，垂景炎之炘炘。配帝居之縣圃兮，象泰壹之威神。洪臺崛其獨出兮，𢮦北極之嶟嶟。列宿乃施於上榮兮，日月纔經於柍桭。雷鬱律於巖窔兮，

電儵忽於牆藩。鬼魅不能自逮兮，半長途而下顛。歷倒景而絕飛梁兮，浮蠛蠓而撇天。

左欃槍而右玄冥兮，前熛闕而後應門。蔭西海與幽都兮，涌醴汨以生川。蛟龍連蜷於東厓兮，白虎敦圉乎崑崙。覽樛流於高光兮，溶方皇於西清。前殿崔巍兮，和氏玲瓏。炕浮柱之飛榱兮，神莫莫而扶傾。閌閬閬其寥廓兮，似紫宮之崢嶸。駢交錯而曼衍兮，崣嵲隗乎其相嬰。乘雲閣而上下兮，紛蒙籠以棍成。曳紅采之流離兮，颺翠氣之宛延。襲琁室與傾宮兮，若登高眇遠，肅乎臨淵。

回猋肆其碭駭兮，披桂椒而鬱栘楊。香芬茀以穹隆兮，擊薄櫨而將榮。薌呹肸以棍批兮，聲駍隱而歷鍾。排玉戶而颺金鋪兮，發蘭蕙與芎藭。帷弸環其拂汨兮，稍暗暗而靚深。陰陽清濁穆羽相和兮，若夔牙之調琴。般倕棄其剞劂兮，王爾投其鉤繩。雖方征僑與偓佺兮，猶彷彿其若夢。

於是事變物化，目駭耳回，蓋天子穆然，珍臺閒館，琁題玉英，蜵蜎蠖濩之中。惟夫所以澄心清魂，儲精垂恩，感動天地，逆釐三神者；乃搜逑索偶，皋伊之徒，冠倫魁能，函甘棠之惠，挾東征之意，相與齊乎陽靈之宮。靡薜荔而爲席兮，折瓊枝以爲芳。噏清雲之流瑕兮，飲若木之露英。集乎禮神之囿，登乎頌祇之堂。建光燿之長旓兮，昭華覆之威威。攀琁璣而下視兮，行遊目乎三危。陳衆車於東阬兮，肆玉軑而下馳。漂龍淵而還九垠兮，窺地底而上回。風傱傱而扶轄兮，鸞鳳紛其銜蕤。梁弱水之濎濴兮，躡不周之逶蛇。想西王母欣然而上壽兮，屏玉女而却宓妃。玉女亡所眺其清矑兮，宓妃曾不得施其蛾眉。方攬道德之精剛兮，侔神明與之爲資。

於是欽柴宗祈，燎薰皇天，皋搖泰壹。舉洪頤，樹靈旗。樵蒸昆上，配藜四施。東燭滄海，西燿流沙。北熿幽都，南煬丹厓。玄瓚觩𧢼，秬鬯泔淡。肸蠁豐融，懿懿芬芬。炎感黃龍兮，熛訛碩麟。選巫咸兮叫帝閽，開天庭兮延群神。儐暗藹兮降清壇，瑞穰穰兮委如山。

於是事畢功弘，迴車而歸，度三巒兮偈棠黎。天閫決兮地垠開，八荒協兮萬國諧。登長平兮雷鼓磕，天聲起兮勇士厲。雲飛揚兮雨滂沛，于胥德兮麗萬世。

亂曰：崇崇圜丘，隆隱天兮。登降峛崺，單埢垣兮。增宮峻差，駢嵯峨兮。岭嶒嶙峋，洞無厓兮。上天之縡，杳旭卉兮。聖皇穆穆，信厥對兮。徠祇郊禋，神所依兮，徘徊招搖，靈迟迡兮。光煇眩燿，降厥福兮。子子孫孫，長無極兮。

【耕藉】

## 藉田賦一首

潘安仁

伊晉之四年正月丁未，皇帝親率群后藉於千畝之甸，禮也。於是乃使甸帥清畿，野廬掃路。封人壝宮，掌舍設枑。青壇蔚其嶽立兮，翠幕黕以雲布。結崇基之靈趾兮，啓四塗之廣阼。沃野墳腴，膏壤平砥。清洛濁渠，引流激水。遐阡繩直，邇陌如矢。緫犗服于縹軛兮，紺轅綴於黛耜。儼儲駕於廛左兮，俟萬乘之躬履。百僚先置，位以職分。自上下下，具惟命臣。襲春服之萋萋兮，接游車之轔轔。微風生於輕幰，纖埃起於朱輪。森奉璋以階列，望皇軒而肅震。若湛露之晞朝陽兮，似衆星之拱北辰也。

於是前驅魚麗，屬車鱗萃。閶闔洞啓，參塗方駟。常伯陪乘，太僕秉轡。后妃獻穜稑之種，司農撰播殖之器。挈壺掌升降之節，宮正設門閭之蹕。天子乃御玉輦，蔭華蓋。衝牙錚鎗，綃紈綷縩。金根照耀以炯晃兮，龍驥騰驤而沛艾。表朱玄於離坎，飛青縞於震兌。中黃曅以發揮，方綵紛其繁會。五輅鳴鑾，九旗揚旆。瓊鈒入蕊，雲罕晻藹。簫管嘲哳以啾嘈兮，鼓鞞硡隱以砰磕。筍簴嶷以軒翥兮，洪鍾越乎區外。震震闐闐，塵鶩連天，以幸乎藉田。蟬冕熲以灼灼兮，碧色肅其千千。似夜光之剖荊璞兮，若茂松之依山巔也。

於是我皇乃降靈壇，撫御耦。坻場染屨，洪縻在手。三推而舍，庶人終畝。貴賤以班，或五或九。于斯時也，居靡都鄙，民無華裔。長幼雜遝以交集，士女頒斌而咸戾。被褐振裾，垂髫總髮，躡踵側肩，掎裳連襼。黃塵爲之四合兮，陽光爲之潛翳。動容發音，而觀者莫不抃儛乎康衢，謳吟乎聖世。情欣樂於昏作兮，慮盡力乎樹蓺。靡誰督而常勤兮，莫之課而自厲。躬先勞以說使兮，豈嚴刑而猛制之哉！

有邑老田父，或進而稱曰：蓋損益隨時，理有常然。高以下爲基，民以食爲天。正其末者端其本，善其後者慎其先。夫九土之宜弗任，四人之務不壹。野有菜

蔬之色，朝靡代耕之秩。無儲稸以虞災，徒望歲以自必。三季之衰，皆此物也。今聖上昧旦丕顯，夕惕若慄。圖匱於豐，防儉於逸。欽哉欽哉，惟穀之卹。展三時之弘務，致倉廩於盈溢。固堯、湯之用心，而存救之要術也。若乃廟祧有事，祝宗諏日。簠簋普淖，則此之自實。縮鬯蕭茅，又於是乎出。黍稷馨香，旨酒嘉栗。宜其民和年登，而神降之吉也。古人有言曰：聖人之德，無以加於孝乎！夫孝，天地之性，人之所由靈也。昔者明王以孝治天下，其或繼之者，鮮哉希矣！逮我皇晉，實光斯道。儀刑孚于萬國，愛敬盡於祖考。故躬稼以供粢盛，所以致孝也。勸穡以足百姓，所以固本也。能本而孝，盛德大業至矣哉！此一役也，而二美具焉。不亦遠乎，不亦重乎！敢作頌曰：

思樂甸畿，薄采其茅。大君戾止，言藉其農。其農三推，萬方以祗。耨我公田，實及我私。我簠斯盛，我簋斯齊。我倉如陵，我庾如坻。念茲在茲，永言孝思。人力普存，祝史正辭。神祇攸歆，逸豫無期。一人有慶，兆民賴之。



【畋獵上】

## 子虛賦一首

司馬長卿

楚使子虛使於齊，王悉發車騎與使者出畋。畋罷，子虛過奼烏有先生，亡是公存焉。坐定，烏有先生問曰：『今日畋樂乎？』子虛曰：『樂。』『獲多乎？』曰：『少。』『然則何樂？』對曰：『僕樂齊王之欲夸僕以車騎之衆，而僕對以雲夢之事也。』曰：『可得聞乎？』

子虛曰：『可。王車駕千乘，選徒萬騎，畋於海濱。列卒滿澤，罘網彌山。掩兔轔鹿，射麋腳麟。騖於鹽浦，割鮮染輪。射中獲多，矜而自功，顧謂僕曰：「楚亦有平原廣澤游獵之地，饒樂若此者乎？楚王之獵孰與寡人乎？」僕下車對曰：「臣，楚國之鄙人也。幸得宿衛十有餘年，時從出游，游於後園，覽於有無，然猶未能遍覩也，又焉足以言其外澤乎？」齊王曰：「雖然，略以子之所聞見而言之。」』

『僕對曰：「唯唯。臣聞楚有七澤，嘗見其一，未覩其餘也。臣之所見，蓋特其小小者耳。名曰雲夢。雲夢者，方九百里，其中有山焉。其山則盤紆岪鬱，隆崇嵂崒。岑崟參差，日月蔽虧。交錯糾紛，上干青雲。罷池陂陀，下屬江河。其土則丹

青赭堊，雌黃白坿，錫碧金銀。衆色炫耀，照爛龍鱗。其石則赤玉玫瑰，琳瑉昆吾。瑊玏玄厲，碝石碔砆。其東則有蕙圃，衡蘭芷若，藭菖蒲。茳蘺蘪蕪，諸柘巴苴。其南則有平原廣澤，登降紘靡，案衍壇曼。緣以大江，限以巫山。其高燥則生葴菥苞荔，薛莎青薠。其埤濕則生藏莨蒹葭，東蘠彫胡。蓮藕觚盧，菴閭軒于。衆物居之，不可勝圖。其西則有涌泉清池，激水推移。外發芙蓉菱華，內隱鉅石白沙。其中則有神龜蛟鼉，瑇瑁鱉黿。其北則有陰林，其樹楩柟豫章。桂椒木蘭，檗離朱楊。樝梨梬栗，橘柚芬芳。其上則有鵷雛孔鸞，騰遠射干。其下則有白虎玄豹，蟃蜒貙豻。

『於是乎乃使剸諸之倫，手格此獸。楚王乃駕馴駮之駟，乘彫玉之輿。靡魚須之橈旃，曳明月之珠旗。建干將之雄戟，左烏號之雕弓，右夏服之勁箭。陽子驂乘，孅阿爲御。案節未舒，即陵狡獸。蹵蛩蛩，轔距虛。軼野馬，轊陶駼。乘遺風，射遊騏。倏眒倩浰，雷動猋至，星流霆擊。弓不虛發，中必決眥。洞胸達掖，絶乎心繫。獲若雨獸，揜草蔽地。於是楚王乃弭節徘徊，翺翔容與。覽乎陰林，觀壯士之暴怒，與猛獸之恐懼。徼𨘢受詘，殫覩衆物之變態。

『於是鄭女曼姬，被阿緆，揄紵縞。雜纖羅，垂霧縠。襞積褰縐，紆徐委曲，鬱橈谿谷。衯衯裶裶，揚袘戌削，蜚襳垂髾。扶輿猗靡，翕呷萃蔡。下靡蘭蕙，上拂羽蓋。錯翡翠之威蕤，繆繞玉綏。眇眇忽忽，若神仙之髣髴。

『於是乃相與獠於蕙圃，媻姍教窣，上乎金隄。揜翡翠，射鵕鸃。微矰出，孅繳施。弋白鵠，連駕鵝。雙鶬下，玄鶴加。怠而後發，游於清池。浮文鷁，揚旌栧。張翠帷，建羽蓋。罔瑇瑁，鉤紫貝。摐金鼓，吹鳴籟。榜人歌，聲流喝。水蟲駭，波鴻沸。涌泉起，奔揚會。礧石相擊，硠硠磕磕。若雷霆之聲，聞乎數百里之外。

『將息獠者，擊靈鼓，起烽燧。車按行，騎就隊。纚乎淫淫，般乎裔裔。於是楚王乃登雲陽之臺，怕乎無爲，憺乎自持。勺藥之和，具而後御之。不若大王終日馳騁，曾不下輿。脟割輪焠，自以爲娱。臣竊觀之，齊殆不如。」於是齊王無以應僕也。』

烏有先生曰：『是何言之過也！足下不遠千里，來貺齊國，王悉發境內之士，

備車騎之衆，與使者出畋，乃欲戮力致獲，以娛左右，何名爲夸哉！問楚地之有無者，願聞大國之風烈，先生之餘論也。今足下不稱楚王之德厚，而盛推雲夢以爲高，奢言淫樂而顯侈靡，竊爲足下不取也。必若所言，固非楚國之美也。無而言之，是害足下之信也。彰君惡，傷私義，二者無一可。而先生行之，必且輕於齊而累於楚矣。且齊東陼鉅海，南有琅邪。觀乎成山，射乎之罘。浮渤澥，游孟諸。邪與肅愼爲隣，右以湯谷爲界。秋田乎青丘，傍徨乎海外。吞若雲夢者八九，於其胸中，曾不蔕芥。若乃俶儻瑰瑋，異方殊類。珍怪鳥獸，萬端鱗崒。充牣其中，不可勝記。禹不能名，卨不能計。然在諸侯之位，不敢言游戲之樂，苑囿之大。先生又見客，是以王辭不復，何爲無以應哉！』

# 昭明文選卷八

【畋獵中】

## 上林賦一首

司馬長卿

亡是公听然而笑曰：『楚則失矣，而齊亦未爲得也。夫使諸侯納貢者，非爲財幣，所以述職也；封疆畫界者，非爲守禦，所以禁淫也。今齊列爲東藩，而外私肅愼，捐國踰限，越海而田，其於義固未可也。且二君之論，不務明君臣之義，正諸侯之禮，徒事争於游戲之樂，苑囿之大，欲以奢侈相勝，荒淫相越，此不可以揚名發譽，而適足以貶君自損也。

『且夫齊、楚之事，又烏足道乎？君未覩夫巨麗也，獨不聞天子之上林乎？左蒼梧，右西極。丹水更其南，紫淵徑其北。終始灞、滻，出入涇、渭。酆、鎬潦潏，紆餘委蛇，經營乎其内。蕩蕩乎八川，分流相背而異態。東西南北，馳騖往來。出乎椒丘之闕，行乎洲淤之浦。經乎桂林之中，過乎泱漭之壄。汩乎混流，順阿而下，赴



隘陿之口。觸穹石，激堆埼，沸乎暴怒，洶涌彭湃。滭弗宓汩，偪側泌瀄。横流逆折，轉騰潎洌。滂濞沆溉，穹隆雲橈，宛潬膠盭。踰波趨浥，涖涖下瀨。批巖衝擁，奔揚滯沛。臨坻注壑，瀺灂霣墜。沈沈隱隱，砰磅訇礚。潏潏淈淈，湁潗鼎沸。馳波跳沫，汩濦漂疾，悠遠長懷。寂漻無聲，肆乎永歸。然後灝溔潢漾，安翔徐回。翯乎滈滈，東注太湖，衍溢陂池。於是乎蛟龍赤螭，䱭䲛漸離。鰅鰫鰬魠，禺禺魼鰨。揵鰭掉尾，振鱗奮翼，潛處乎深巖。魚鱉讙聲，萬物衆夥。明月珠子，的皪江靡。蜀石黄碝，水玉磊砢。磷磷爛爛，采色澔汗，藂積乎其中。鴻鷫鵠鴇，駕鵝屬玉。交精旋目，煩鶩庸渠。箴疵鵁盧，群浮乎其上。汎淫泛濫，隨風澹淡。與波摇蕩，奄薄水渚。唼喋菁藻，咀嚼菱藕。

『於是乎崇山矗矗，巃嵸崔巍。深林巨木，嶄巖嵾嵳。九嵕巀嶭，南山峩峩。巖陁甗錡，摧崣崛崎。振溪通谷，蹇產溝瀆。谽呀豁閜，阜陵别隝。崴磈嵔廆，丘虚堀礨。隱轔鬱壘，登降施靡。陂池貏豸。沇溶淫鬻，散渙夷陸。亭皋千里，靡不被築。掩以緑蕙，被以江蘺。糅以蘪蕪，雜以留夷。布結縷，攢戾莎，揭車衡蘭，槁本射干。

茈薑蘘荷，葴持若蓀。鮮支黃礫，蔣苧青薠。布濩閎澤，延曼太原。離靡廣衍。應風披靡。吐芳揚烈，郁郁菲菲。衆香發越，肸蠁布寫，晻薆咇茀。

『於是乎周覽泛觀，縝紛軋芴，芒芒怳忽。視之無端，察之無涯。日出東沼，入乎西陂。其南則隆冬生長，涌水躍波。其獸則㺎旄貘犛，沈牛麈麋。赤首圜題，窮奇象犀。其北則盛夏含凍裂地，涉冰揭河。其獸則麒麟角端，騊駼橐駝。蛩蛩驒騱，駃騠驢驘。

『於是乎離宮別館，彌山跨谷。高廊四注，重坐曲閣。華榱璧璫，輦道纚屬。步櫚周流，長途中宿。夷嵕築堂，累臺增成。巖窔洞房。頫杳眇而無見，仰攀橑而捫天。奔星更於閨闥，宛虹拖於楯軒。青龍蚴蟉於東箱，象輿婉僤於西清。靈圄燕於閒館，偓佺之倫，暴於南榮。醴泉涌於清室，通川過於中庭。盤石振崖，嶔巖倚傾，嵯峨嶕嶫，刻削崢嶸。玫瑰碧琳，珊瑚叢生。瑉玉旁唐，玢豳文鱗。赤瑕駁犖，雜臿其間，晁采琬琰，和氏出焉。

『於是乎盧橘夏熟，黃甘橙楱。枇杷橪柿，楟柰厚朴。梬棗楊梅，櫻桃蒲陶。隱夫薁棣，荅遝離支。羅乎後宮，列乎北園。貤丘陵，下平原。揚翠葉，扤紫莖。發紅華，垂朱榮。煌煌扈扈，照曜鉅野。沙棠櫟櫧，華楓枰櫨。留落胥邪，仁頻并閭。欃檀木蘭，豫章女貞。長千仞，大連抱。夸條直暢，實葉葰楙。攢立叢倚，連卷欐佹。崔錯癹骩，坑衡閜砢。垂條扶疏，落英幡纚。紛溶箾蔘，猗狔從風。藰莅卉歙，蓋象金石之聲，管籥之音。偨池茈虒，旋還乎後宮。雜襲絫輯，被山緣谷，循阪下隰，視之無端，究之無窮。

『於是乎玄猨素雌，蜼玃飛蠝，蛭蜩蠼猱，獑胡豰蛫，棲息乎其間。長嘯哀鳴，翩幡互經，夭蟜枝格，偃蹇杪顛。隃絕梁，騰殊榛，捷垂條，掉希間。牢落陸離，爛漫遠遷。

『若此者數百千處，娛遊往來，宮宿館舍。庖厨不徙，後宮不移，百官備具。

『於是乎背秋涉冬，天子校獵。乘鏤象，六玉虯。拖蜺旌，靡雲旗。前皮軒，後道游。孫叔奉轡，衛公參乘。扈從橫行，出乎四校之中。鼓嚴簿，縱獵者，河江爲阹，泰山爲櫓。車騎靁起，殷天動地。先後陸離，離散別追。淫淫裔裔，緣陵流澤，雲布

雨施。生貔豹，搏豺狼。手熊羆，足壄羊。蒙鶡蘇，絝白虎。被班文，跨壄馬。凌三嵕之危，下磧歷之坻。徑峻赴險，越壑厲水。椎蜚廉，弄獬豸。格蝦蛤，鋋猛氏。羂騕褭，射封豕。箭不苟害，解脰陷腦。弓不虛發，應聲而倒。

『於是乘輿，弭節徘徊，翱翔往來。睨部曲之進退，覽將帥之變態。然後侵淫促節，儵敻遠去。流離輕禽，蹴履狡獸。轊白鹿，捷狡兔。軼赤電，遺光耀。追怪物，出宇宙。彎蕃弱，滿白羽。射游梟，櫟蜚遽。擇肉而后發，先中而命處。弦矢分，藝殪仆。

『然后揚節而上浮，淩驚風，歷駭猋，乘虛無，與神俱。躪玄鶴，亂昆雞。遒孔鸞，促鵕鸃。拂翳鳥，捎鳳凰。捷鵷雛，揜焦明。

『道盡途殫，迴車而還。消搖乎襄羊，降集乎北紘。率乎直指，晻乎反鄉。蹶石闕，歷封巒。過鳷鵲，望露寒。下棠梨，息宜春。西馳宣曲，濯鷁牛首。登龍臺，掩細柳。觀士大夫之勤略，均獵者之所得獲。徒車之所轥轢，步騎之所蹂若，人臣之所蹈籍。與其窮極倦谻，驚憚讋伏。不被創刃而死者，他他籍籍。填阬滿谷，掩平彌澤。



『於是乎遊戲懈怠，置酒乎顥天之臺，張樂乎膠葛之寓。撞千石之鍾，立萬石之虡。建翠華之旗，樹靈鼉之鼓，奏陶唐氏之舞，聽葛天氏之歌。千人唱，萬人和。山陵爲之震動，川谷爲之蕩波。巴渝宋蔡，淮南干遮，文成顛歌。族居遞奏，金鼓迭起。鏗鎗闛鞈，洞心駭耳。荊、吳、鄭、衛之聲，韶、濩、武、象之樂，陰淫案衍之音。鄢郢繽紛，激楚結風。俳優侏儒，狄鞮之倡，所以娛耳目樂心意者，麗靡爛漫於前，靡曼美色。

『若夫青琴、宓妃之徒，絕殊離俗，妖冶嫻都。靚糚刻飾，便嬛綽約。柔橈嫚嫚，嫵媚孅弱。曳獨繭之褕絏，眇閻易以恤削。便姍嫳屑，與俗殊服。芬芳漚鬱，酷烈淑郁。皓齒粲爛，宜笑的皪。長眉連娟，微睇緜藐。色授魂與，心愉於側。

『於是酒中樂酣，天子芒然而思，似若有亡，曰：「嗟乎，此大奢侈！朕以覽聽餘閒，無事棄日。順天道以殺伐，時休息於此。恐後葉靡麗，遂往而不返，非所以爲繼嗣創業垂統也。」於是乎乃解酒罷獵，而命有司曰：「地可墾闢，悉爲農郊，以贍

萌隸，隤牆填塹，使山澤之人得至焉。實陂池而勿禁，虛宮館而勿仞。發倉廩以救貧窮，補不足。恤鰥寡，存孤獨。出德號，省刑罰。改制度，易服色。革正朔，與天下爲更始。」

『於是歷吉日以齋戒，襲朝服，乘法駕，建華旗，鳴玉鸞，游于六藝之囿，馳騖乎仁義之塗。覽觀《春秋》之林，射《貍首》，兼《騶虞》。弋玄鶴，舞干戚。載雲罕，揜群雅。悲《伐檀》，樂「樂胥」。脩容乎《禮》園，翱翔乎《書》圃。述《易》道，放怪獸。登明堂，坐清廟。次群臣，奏得失。四海之內，靡不受獲。於斯之時，天下大說，鄉風而聽，隨流而化，芔然興道而遷義。刑錯而不用，德隆於三王，而功羨於五帝。若此故獵，乃可喜也。

『若夫終日馳騁，勞神苦形。罷車馬之用，抗士卒之精。費府庫之財，而無德厚之恩。務在獨樂，不顧衆庶。忘國家之政，貪雉兔之獲。則仁者不繇也。從此觀之，齊、楚之事，豈不哀哉！地方不過千里，而囿居九百，是草木不得墾辟，而人無所食也。夫以諸侯之細，而樂萬乘之侈，僕恐百姓被其尤也。」

於是二子愀然改容，超若自失，逡巡避席，曰：『鄙人固陋，不知忌諱，乃今日見教，謹受命矣。』

## 羽獵賦一首并序

楊子雲

孝成帝時羽獵，雄從。以爲昔在二帝三王，宮館臺榭，沼池苑囿，林麓藪澤，財足以奉郊廟、御賓客、充庖厨而已，不奪百姓膏腴穀土桑柘之地。女有餘布，男有餘粟，國家殷富，上下交足。故甘露零其庭，醴泉流其唐，鳳皇巢其樹，黃龍游其沼，麒麟臻其囿，神爵棲其林。昔者禹任益虞而上下和，草木茂；成湯好田，而天下用足；文王囿百里，民以爲尚小；齊宣王囿四十里，民以爲大：裕民之與奪民也。武帝廣開上林，東南至宜春、鼎湖、御宿、昆吾，旁南山，西至長楊、五柞，北繞黃山，濵渭而東，周袤數百里。穿昆明池，象滇河，營建章鳳闕，神明馺娑，漸臺泰液，象海水周流方丈、瀛洲、蓬萊。游觀侈靡，窮妙極麗。雖頗割其三垂以贍齊民，然至羽獵，甲車戎馬，器械儲偫，禁禦所營，尚泰奢，麗誇詡，非堯、舜、成湯、文王三驅之意也。又恐後世復脩前好，不折中以泉臺，故聊因校獵，賦以風之。其辭

曰：

或稱羲農，豈或帝王之彌文哉？論者云否，各以並時而得宜，奚必同條而共貫？則泰山之封，焉得七十而有二儀？是以創業垂統者俱不見其爽，遐邇五三，孰知其是非？遂作頌曰：麗哉神聖，處於玄宮。富既與地乎侔訾，貴正與天乎比崇。齊桓曾不足使扶轂，楚嚴未足以爲驂乘。狹三王之阸僻，嶠高舉而大興。歷五帝之寥廓，涉三皇之登閎。建道德以爲師友，仁義與之爲朋。

於是玄冬季月，天地隆烈，萬物權輿於内，徂落於外，帝將惟田于靈之囿，開北垠受不周之制，以奉終始顓頊玄冥之統。乃詔虞人典澤，東延昆鄰，西馳閶闔。儲積共偫，戍卒夾道。斬叢棘，夷野草。禦自汧、渭，經營酆、鎬。章皇周流，出入日月，天與地沓。爾乃虎路三嵕，以爲司馬，圍經百里，而爲殿門。外則正南極海，邪界虞淵。鴻濛沆茫，揭以崇山。營合圍會，然後先置乎白楊之南，昆明靈沼之東。賁育之倫，蒙盾負羽，杖鏌邪而羅者以萬計。其餘荷垂天之畢，張竟壄之罘。靡日月之朱竿，曳彗星之飛旗。青雲爲紛，紅蜺爲繯，屬之乎崑崙之虚。涣若天星之羅，浩如濤水之波。淫淫與與，前後要遮。欃槍爲闉，明月爲候。熒惑司命，天弧發射。鮮扁陸離，駢衍佖路。徽車輕武，鴻絧緁獵。殷殷軫軫，被陵緣阪。窮夐極遠者，相與列乎高原之上。羽騎營營，昈分殊事。繽紛往來，轠轤不絕。若光若滅者，布乎青林之下。

於是天子乃以陽晁，始出乎玄宮，撞鴻鍾，建九旒，六白虎，載靈輿。蚩尤並轂，蒙公先驅。立歷天之旂，曳捎星之旃。霹靂烈缺，吐火施鞭。萃傱沇溶，淋離廓落，戲八鎮而開關。飛廉雲師，吸嚊潚率，鱗羅布烈，攢以龍翰。啾啾蹌蹌，入西園，切神光。望平樂，徑竹林。蹂蕙圃，踐蘭唐。舉熢烈火，轡者施技，方馳千駟，狡騎萬帥。虓虎之陳，從橫膠轕。猋拉雷厲，驞駍駖磕。洶洶旭旭，天動地岋。羨漫半散，蕭條數千里外。

若夫壯士忼慨，殊鄉別趣。東西南北，騁耆奔欲。拕蒼豨，跋犀犛，蹶浮麋。斮巨狿，搏玄猨。騰空虛，距連卷。踔夭蟜，娭澗間。莫莫紛紛，山谷爲之風猋，林叢爲之生塵。及至獲夷之徒，蹶松柏，掌蒺藜。獵蒙蘢，轔輕飛。履般首，帶脩蛇。鉤

赤豹，摼象犀。跇巒阬，超唐陂。車騎雲會，登降闇藹。泰華爲旒，熊耳爲綴。木仆山還，漫若天外。儲與乎大浦，聊浪乎宇内。

於是天清日晏，逢蒙列眥，羿氏控弦。皇車幽輵，光純天地，望舒彌轡，翼乎徐至於上蘭。移圍徙陣，浸淫蹵部。曲隊堅重，各按行伍。壁壘天旋，神抶電擊，逢之則碎，近之則破。鳥不及飛，獸不得過。軍驚師駭，刮野掃地。及至罕車飛揚，武騎聿皇。蹈飛豹，羂嘄陽。追天寶，出一方。應騂聲，擊流光。野盡山窮，囊括其雌雄。沇沇溶溶，遥噱乎紘中。三軍芒然，窮冘閼與。亶觀夫剽禽之紲踰，犀兕之抵觸。熊羆之挐獲，虎豹之淩遽。徒角槍題，注蹴竦讋。怖魂亡魄，觸輻關脰。妄發期中，進退履獲。創淫輪夷，丘累陵聚。

於是禽殫中衰，相與集於靖冥之館，以臨珍池。灌以岐、梁，溢以江、河。東瞰目盡，西暢無崖。隨珠和氏，焯爍其陂。玉石嶜崟，眩燿青熒。漢女水潛，怪物暗冥，不可殫形。玄鸞孔雀，翡翠垂榮。王雎關關，鴻鴈嚶嚶。群娭乎其中，噍噍昆鳴。鳧鷖振鷺，上下砰磕，聲若雷霆。乃使文身之技，水格鱗蟲。淩堅冰，犯嚴淵，探巖排碕，薄索蛟螭。蹈獱獺，據黿鼉，抾靈蠵。入洞穴，出蒼梧。乘巨鱗，騎京魚。浮彭蠡，目有虞。方椎夜光之流離，剖明月之珠胎，鞭洛水之宓妃，餉屈原與彭胥。

於兹乎鴻生鉅儒，俄軒冕，雜衣裳，脩唐典，匡《雅》、《頌》，揖讓於前。昭光振燿，蠁曶如神。仁聲惠於北狄，武誼動於南鄰。是以旃裘之王，胡貉之長，移珍來享，抗手稱臣。前入圍口，後陳盧山。群公常伯、陽朱、墨翟之徒，喟然並稱曰：『崇哉乎德，雖有唐虞、大夏、成周之隆，何以侈兹！夫古之覲東嶽，禪梁基，舍此世也，其誰與哉？』

上猶謙讓而未俞也，方將上獵三靈之流，下決醴泉之滋。發黃龍之穴，窺鳳皇之巢，臨麒麟之囿，幸神雀之林。奢雲夢，侈孟諸。非章華，是靈臺。罕徂離宮而輟觀游。土事不飾，木功不彫，丞民乎農桑，勸之以弗怠，儕男女使莫違。恐貧窮者不遍被洋溢之饒，開禁苑，散公儲，創道德之囿，弘仁惠之虞。馳弋乎神明之囿，覽觀乎群臣之有亡。放雉兔，收罝罘。麋鹿芻蕘，與百姓共之，蓋所以臻兹也。於是醇洪鬯之德，豐茂世之規。加勞三皇，勗勤五帝，不亦至乎！乃祗莊雍穆之徒，立君

臣之節，崇賢聖之業，未遑苑囿之麗，游獵之靡也。因回軫還衡，背阿房，反未央。